KB063207

우 리 와   안 녕 하 려 면

옮긴이 햇살과나무꾼

햇살과나무꾼은 동화를 사랑하는 사람들이 모여 만든 곳으로, 세계 곳곳에 묻혀 있는 좋은 작품들을 찾아 우리말로 소개하고 어린이의 정신에 지식의 씨앗을 뿌리는 책을 집필하는 어린이책 전문 기획실이다. 지금까지 「나는 선생님이 좋아요」「모래밭 아이들」「워터십다운의 열한 마리 토끼」「새틴 강가에서」 등을 우리말로 옮겼으며, 「장승과 솟대가 들려주는 우리 풍속 이야기」「우리 문화유산에는 어떤 비밀이 담겨 있을까」「위대한 발명품이 나를 울려요」 등을 썼다.

우리와 안녕하려면

지은이 하이타니 겐지로 | 그린이 츠보야 레이코 | 옮긴이 햇살과나무꾼
펴낸이 조재은 | 펴낸곳 양철북 | 편집 이정화 임중혁 최신숙 | 디자인 황숙현 | 마케팅 김기식 정영주
개정판 1쇄 발행 2007년 12월 14일 | 초판 발행 2003년 7월 28일 | 주소 서울시 마포구 서교동 395-192
등록 제10-2256호(2001년 11월 21일) | 전화 02)335-6407 | 팩스 02)335-6408
ISBN 978-89-90220-73-8 03830 | 값 9,800원

手と目と聲と
Copyright ⓒ 1980 Haitani Kenjiro(灰谷健次郎) All rights reserved.
Korean Translation Copyright ⓒ 2003 by Tin Drum publishing company.
이 책의 한국어판 저작권은 Haitani Kenjiro(灰谷健次郎)와 독점 계약한 도서출판 양철북에 있습니다.
저작권법에 의해 한국 내에서 보호를 받는 저작물이므로 무단 전재와 복제를 금합니다.

잘못된 책은 바꾸어 드립니다.

하이타니 겐지로 단편집

우리와 안녕하려면

츠보야 레이코 그림 | 햇살과나무꾼 옮김

양철북

여기에 수록된 다섯 편의 작품은 픽션으로서 문학 작품입니다. 문학 작품이기는 하되, 다섯 편 모두 나의 실생활 체험이 짙게 반영되어 있다는 점에서 다소 이색적이라고 할 수 있습니다.

한국의 경주를 여행할 때였습니다. 친구와 막걸리를 마시고 있는데 한 한국 사람이 우리에게 말을 걸었습니다.

"언뜻 당신들 이야기를 들었습니다. 당신들은 흔해빠진 관광객이 아니더군요. 그 점이 기뻤습니다."

이렇게 말을 꺼낸 뒤, 그 사람은 자신이 일본에 살면서

겪은 이야기를 이것저것 들려주었습니다.

막걸리 잔이 활발하게 오간 것은 두말할 필요도 없지요.

막걸리에 흠뻑 취해서 서로 기분 좋게 헤어졌습니다.

그런데 그 사람이 마지막으로 한 말에, 나는 피가 얼어붙는 것 같았습니다.

"즐거운 시간이었습니다. 정말 오랜만에 일본말로 이야기를 했습니다. 지난 30여 년 동안 나는 단 한 번도 일본말로 이야기한 적이 없습니다."

그것이 일본과 일본인에 대한 그 사람의 저항이었던 것입니다.

나는 17년 동안 교사로 지냈습니다.

한 사람의 동료가 있었습니다.

성품이 온화하고 누구에게나 항상 친절했는데, 나는 그 사람에게 호감을 갖고 있었습니다.

어떤 광경을 보았습니다.

손을 보여 달라고 조르는 아이에게, 그 사람은 여느 때와 다름없이 부드러운 태도로 말했습니다.

"구경거리가 아니니까 지금은 보여줄 수 없어. 나중에 자연히 보게 될 거야."

잘려나간 손의 역사는 작품 〈손〉에 쓰인 그대로입니다.

오키나와의 고통(제2차 세계대전 당시 일본에서 유일하게 지상전이 벌어진 곳으로, 민간인 네 명에 한 명 꼴로 일본군 또는 미군에 의해 사살되었습니다.)을 잊는 것은 곧 일본인의 타락을 뜻합니다.

나의 작은아버지는 인도네시아의 외딴 섬에서 전사하셨습니다.

나는 작은아버지의 흔적을 더듬으며 여행을 했습니다. 그리고 침략 전쟁을 일으키고도 아시아 민중의 공영을 위한 것이었다고 거짓말한 흔적을 곳곳에서 목격했습니다.

작품 〈눈〉은 그런 수많은 흔적의 단편에 지나지 않습니다.

나는 교사 시절에 이른바 '장애아'와 함께 생활할 기회가 몇 번 있었습니다. 그 무렵은 '장애아'에 대한 일반인의 이해도가 높지 않아(지금도 결코 충분하다고 할 수 없지만), 어린 생명들이 차별 속에서 겨우겨우 힘겹게 살아가던 시절이었습니다.

그때 나는 생명의 본성이 '상냥함'이라는 것을 배웠습니다.

그것은 내 사상의 근원을 이루고 있는 것으로, 작품 〈소리〉는 그 궤도의 출발점에 해당한다고 볼 수 있습니다.

학교는 가르치는 일이 지나치게 중시되어, 어린이나 학생들의 목소리가 교사에게 닿지 않는 세계였습니다. 나는 이런 현실에 깜짝 놀랐습니다.

교육의 왜곡은 거기에서 비롯되는데…… 라는 생각에 슬픔이 더해졌지요.

그 슬픔이 〈친구〉를 쓰게 했는지도 모르겠습니다.

이것이 바로 이 작품이 다소 이색적이라고 말한 이유 또는 그 말에 대한 설명입니다.

생각해 보면, 나는 강한 것이나 너무 풍요로운 것에서는 무엇 하나 배운 것이 없습니다. 감히 말하자면 약한 것, 가난한 것에서 생명의 빛을 발견해 왔다고 생각합니다.

그리고 그러한 것들이야말로 이 시대에 소중히 여겨야 할 '인간의 눈'이라고 확신합니다.

2003년 7월

하이타니 겐지로

차 례

물

이

야

기

수영부는 9월 말까지 해산하게 되어 있었다.

그 무렵 우리는 거의 학교 지시에 따르지 않았다. 연습 시간도 방법도 우리 맘대로 정하고 지도 교사의 말을 깡그리 무시하고 있었다.

한 선생님이 우리더러 그놈들은 중학생도 뭣도 아닌 거리의 불량배라고 했다는 얘기를 족제비한테 듣고 나서 학교와는 갈라선 상태였다.

우리를 눈엣가시로 여기는 선생님이 대부분이었다. 선생님들은 우리가 미국 수영 클럽 녀석들처럼 고상하지 않은

게 못마땅한 눈치였다.

족제비는 학교 다니기보다 아버지를 따라 야시장을 돌아다니기에 바빴고, 우리 집은 혼자 되신 어머니가 밤거리에서 일을 하시는 형편이었다.

결국 우리는 진득하니 앉아 공부하기에는 이것저것 골치 아픈 일이 많아서 그리 '고상하게' 행동할 수 없는 녀석들이 대부분이었다.

우리는 설교나 늘어놓는 선생님을 피하곤 했다.

전에 한 번 선생님들과 이야기를 할 때, 아버지와 어머니가 번갈아 가며 '바뀌어' 지금은 아무 상관도 없는 사람하고 같이 살고 있는 돼지가 말한 적이 있다.

"공부할 수 있는 놈한테는 공부를 할 수 있게 해 주는 선생님이 좋은 선생님이지만, 슬픈 일이 하도 많아서 공부 따위가 손에 잡히지 않는 놈한테는 슬픈 일을 같이 걱정해 주는 선생님이 좋은 선생님이잖아. 우리 학교에 그런 선생님이 있나?"

돼지의 질문에 대답할 수 있는 선생님은 하나도 없었다.

수영부가 해산된다는 통고를 받았을 때, 우리의 마음은 정해져 있었다. 그쪽에서 그렇게 나온다면 우리도 하고 싶은

대로 해야 한다고 부원 전체가 맹세했던 것이다.

그 자식, '이소순'만 빼고.

* * *

그 남자는 세 시 반에 찾아왔다.

이소순의 아버지였다.

우리는 우리를 배신한 이소순을 따돌렸다. 그러자 이소순의 아버지가 얘기 좀 나눠 보지 않겠느냐고 전갈을 보내왔다. 어찌된 영문인지 함께 수영해 보고 싶다는 얘기까지 덧붙였다.

얘기 좀 나눠 보지 않겠는가. 흥, 가짜 선생님하고 똑같은 소릴 하네. 재밌겠는데, 어디 한 번 와 보시지.

그 남자는 약속 시간에 맞추어 찾아왔다.

남자를 보자마자 나는 잽싸게 다른 놈들한테 눈짓했다.

부원 두셋이 실눈을 뜨며 우습다는 듯이 말했다.

"간만에 고양이춤 좀 봐?"

남자는 감색 바탕에 노랑 빨강 줄무늬가 있는 촌스러운 수영 팬티를 입고 있었다.

'금방 뻗을 위인 아냐?'

모두의 눈이 그렇게 말하고 있었다.

남자는 하얀 이를 드러내고 웃으며, 무턱대고 빈정대는 눈빛으로 모여 있는 부원들 앞을 지나갔다.

"한바탕 휘저어 봐도 되겠지."

남자의 말투는 허물이 없었다. 나는 심기가 언짢아져서 얼굴을 찡그렸다.

"목욕하는 거랑 달라, 아저씨."

주위에 있던 부원들이 '와—' 하고 웃었다.

하지만 그 웃음소리는 이내 사라졌다.

남자는 출발대 바로 옆에 몸을 수그리더니, 넓은 가슴에 두 손으로 부채질하듯 물을 끼얹었다. 그 몸짓은 확실히 당당했다. 바로 눈앞에 물이 있다는 사실을 조금도 의식하지 않는 행동이었다. 그리고 훌쩍 일어나더니 어렵잖게 타일을 찼다.

몸이 떨어지듯이 기울고 발이 출발대에서 떠나는 순간, 남자의 몸은 멋지게 도약하고 있었다.

그 아무렇지도 않은 부드러운 몸놀림에 부원들의 눈에서 긴장감이 확 일었다.

공중에 뜬 남자의 몸은 ㅅ자 꼴로 살짝 휘었는데 얕은 물에 들어가려고 할 때의 동작과 비슷했다. 힘을 완전히 뺀 근육은 흐르는 듯한 매끄러운 선을 만들었고, 뒤따라올 세찬 힘의 격류에 대비한 무심한 휴식처럼 보였다.

그것은 경박하고 딱딱하며 어색한 동작을 교정하려고 늘 애쓰던 부원들에게 적잖은 충격이었다.

우리는 무심결에 얼굴을 마주보았다.

남자는 물 위를 미끄러지듯 수영을 했다. 정확한 팔젓기가 몸에 배어 있었다.

'어디선가 수영을 하는 사람이야.' 하고 나는 생각했다.

남자는 가볍게 헤엄을 치고는 물 밖으로 나왔다.

단단하고 거무스름하며 팽팽한 피부에서 물방울이 뚝뚝 떨어졌다. 남자의 입술 사이로 이따금씩 보이는 하얀 이가 부원들의 눈을 자극했다.

족제비가 진심 반, 빈정거림 반으로 말했다.

"아저씨, 굉장한데? 우리가 완전히 당하겠는걸."

남자는 족제비의 머리를 툭 쳤다.

족제비는 히죽 웃으며 말했다.

"내기 할까, 아저씨?"

족제비는 항상 '바람잡이'였다.

"뭘 걸까?"

"비프스테이크 정도로 한 턱 써 주면 최고지만, 뭐 우린 그런 게 목적은 아니니까."

족제비는 히죽히죽 웃으며 말했다.

"어쨌든 우리 부원이 스무 명이나 되는데 우동 한 턱 쓰는 것만도 대단하지. 음, 아저씨 어느 쪽으로 할까?"

어차피 바람잡이 족제비로서는 고양이춤만 보면 되는 것이다.

고양이춤이란 우리 사이에서만 통하는 말이다.

우연히 장난삼아 고양이를 수영장에 던져 넣었을 때 익사 직전인 고양이 꼴을 보고 딱히 누가 붙였달 것 없이 생겨난 말이었다. 결국 우리의 밥이 된 이 남자가 완전히 물에 둥둥 뜰 때까지 혼내 주겠다는 얘기다.

하지만 나는 우울한 얼굴을 하고 있었다.

족제비의 눈이 살짝 빛났다.

"아저씨 수영은 자유형이네. 자유형으로 800미터 어때? 할까, 아저씨?"

남자는 가볍게 되물었다.

"할까?"

"대단한 배짱이시네."

족제비는 입술을 비죽거리며 말했지만 목소리가 다소 잠겨 있었다.

그때 불현듯 내가 질 거라는 생각이 들었다. 그런 의식은 왠지 내 마음 속에 아무 저항 없이 들어오고 말았다.

원래 나는 겁쟁이다. 그러나 나는 그 생각과는 반대로 기를 쓰고 남자에게 말을 걸었다.

"어이."

나는 일부러 거칠게 말했다.

"해 보면 알겠지. 제한 시간은 11분 5초, 어때?"

나는 한 몸에 쏠리는 부원들의 갖가지 눈길을 뿌리치듯 말했다.

"같이 경주하면 이기든가 지든가 하겠지. 비기는 것 따윈 없을 테니까. 깨끗해서 좋아."

내 최고 기록은 10분 45초 6이었다.

"제한 시간에 못 미치면 100미터 열 판 추가. 그럼 되겠지."

남자는 재미있다는 듯이 내 이야기를 듣고 있었다.

"그런 자신감 넘치는 얼굴 하지 마슈. 승부의 세계는

냉혹한 거니까."

나는 짐짓 호기를 부리며 말했다. 그러나 마음 깊은 곳에서 느껴지는 침울함은 어쩔 도리가 없었다.

내가 어깨를 흔들며 말했다.

"할까, 어때?"

남자가 놀리며 말했다.

"할까, 대장?"

"쳇. 깔보지 마슈. 승부는 냉혹한 거니까."

"아 진심, 진심."

남자의 말투는 변함이 없었다.

두 사람은 출발대에 섰다.

"준비―, 땅!"

둘이 도약했다. '촤앙' 하고 물이 아름답게 흩어졌다.

내 수영법은 오른손을 머리 바로 위에서 내리꽂는 듯한 변칙적인 것이었다. 세 번 스트로크(수영에서 팔로 물을 긁는 동작―옮긴이)마다 한 번씩 돌핀 킥(돌고래가 꼬리를 움직이듯 두 다리를 나란히 해서 차는 방법―옮긴이)을 한다. 그러나 발장구는 잘 되고 있고, 팔동작도 정확한 편이었다.

맨 처음에 나는 가볍게 나아갔다. 처음 100미터는 힘이

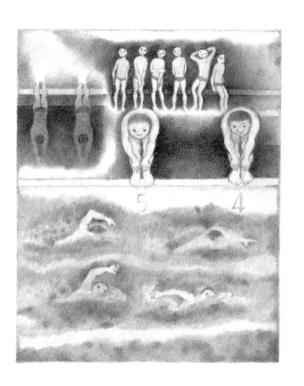

충분하다. 그 상태로 10초는 확실하게 갈 수 있을 것이다.

계시원이 1분 9초 1을 알렸다. 터치(반환 벽면에 손을 대는 것—옮긴이)는 내가 다소 빨랐던 모양이다.

200미터에서 나는 남자를 관찰하며 물을 끌어당겼다. 속도에 전혀 무리가 없었다.

남자는 구부린 팔꿈치를 충분히 올렸다가 재빨리 물에 손을 넣고 있었다. 피로를 줄이기에 적당한 자세다. 그러나 다리에 아주 자신이 없으면 이 수영법은 취할 수 없었다. 피로는 팔에서 먼저 오는 법이다. 승부처는 5분이다.

300미터에서 나는 롤링(수영할 때 몸이 좌우로 흔들리는 것—옮긴이)되는 몸을 바로잡았다. 돌핀 킥 탓인지, 피로해지면 롤링 현상이 나타난다. 코치는 내 수영법에 이런 결점이 있다는 사실을 알고 귀가 따갑게 잔소리를 했었다.

속도는 별로 떨어지지 않았다.

400미터에서 남자가 조금 뒤처졌다. 반 몸뚱이 차이가 났는데, 500미터가 돼도 차이는 마찬가지였다.

나는 남자가 고통을 참으며 헤엄치고 있는지, 여유를 갖고 헤엄치고 있는지 알고 싶었다. 앞으로 반 몸 차이를 더 벌리면 상대방의 얼굴이 내 다리께 있게 된다. 바로 옆 레인에서 헤엄치고 있기 때문에 물의 출렁임이 제법 부담이 될 것이다.

턴(반환 벽면을 치고 되돌아오는 동작―옮긴이)을 하고, 나는 속도를 올렸다. 다음 턴까지 내가 남자를 보며 헤엄치게 되었다. 여기서 차이를 벌리고 이후 25미터에서 상대의 기운을 뺄 셈이었다. 차츰 물의 무게가 느껴졌지만, 나는 세차게 물살을 갈랐다.

어느새, 나는 순수하게 수영만을 하고 있었다. 내 영혼은 이기기 위해서만 살아 있다.

패배를 의식했던 것을 벌써 잊은 것이다. 싸움의 상대는 이소순의 아버지에서 나 자신으로 바뀌었다.

고통이 시작되었다.

물을 끌어당길 때마다 힘차게 찔러넣던 팔동작은 몸을 죄어오는 피로를 떨쳐내고자 격렬하게 물을 때리는 동작으로 변해 버렸다.

온 몸으로 물을 들어 올려 그것을 벽에 내리친다. 물보라가 은백색으로 빛났다가 사라지는 순간 내 몸은 멋지게 턴을 하고 있었다. 발로 찬 힘으로 물 밑을 빠져나가는 동안 잠시 파란 정적이 나를 지배한다. 짧은 순간 달콤한 휴식을 취하고 다시 물 밖으로 나오면 그곳은 다시 고통의 긴 선이다.

물에서 얼굴을 내밀고 첫 스트로크를 한 순간 나는 남자가 내게 바짝 붙어 헤엄치고 있음을 알았다.

갑자기 물의 무게가 온 몸을 짓눌렀다.

무심결에 속도를 올리기 시작했다. 그러나 앞으로 300미터를 더 헤엄쳐야 한다.

피로가 팔에서 넓적다리로 옮겨가는 것을 뚜렷이 느낄 수 있었다.

'버틸 수 있을까.'

불안감이 섬광처럼 머릿속을 스쳐 지나갔다.

나는 되도록 남자를 무시하려고 애썼다. 남을 두려워하는 것은 무엇보다도 남자답지 못한 일이라고 생각했다.

나는 마치 발길질을 당하고 있는 듯한 굴욕감을 느꼈다.

600미터에서 나는 남자한테 뒤졌다. 남자의 터치가 간발의 차이로 빨랐다. 라스트에서 따라잡을 자신이 없었다. 온 몸에 납덩이를 달고 헤엄치는 것 같았다.

이번에는 거꾸로 물이 살갗을 때렸지만 생기는 되살아나지 않았다. 턴을 해서 물속으로 미끄러져 들어가도 잠시나마 한 숨을 돌리는 것조차 할 수 없었다. 이제 나는 머릿속까

지 완전히 마비되어 무엇을 위해 헤엄치고 있는지, 뭐가 뭔지 알 수가 없었다. 물론 그런 상태가 지금이 처음은 아니다.

대회에 나가 마지막 스퍼트에서 늘 느끼는 구토의 고통은 언제나 내 의식을 앗아 갔다. 헤엄친다는 것은 온갖 허울을 떨쳐내는 일이다.

턴을 할 때, 나는 약간 앞서 있었다. 그러나 다음 25미터에서 남자를 보며 헤엄칠 수는 없었다. 고독이 엄습해 오는 것은 그 25미터 동안이었다.

나는 날갯죽지에서 통나무를 휘두르는 듯한 모습으로 혼신의 힘을 다해 물을 끌어당겼다.

반환점까지 한 번도 숨쉬기를 하지 않고 헤엄친 것은 무모했지만, 그렇게라도 하지 않으면 도저히 물의 무게를 떨쳐낼 수 없었다.

벽에서 5미터 앞에 있는 붉은 타일 선은 좀처럼 보이지 않았고, 아무리 팔에 힘을 줘도 조금도 앞으로 나가지 않는다는 착각이 들었다.

몇 번째 턴에선가 타이밍이 흐트러져 하마터면 물을 마실 뻔했다. 숨이 막혔고, 그것을 억누르기 위해 눈알이 튀어나올 듯한 고통을 맛보았다.

남자는 나와 나란히 있었다. 그 사실로 나는 달아나기 시작한 의지를 가까스로 붙잡을 수 있었다.

머리를 세운 자세로 수영하던 남자도 다소 평평한 자세로 바뀌어 있다. 피로가 오는 것이 분명했다.

나는 속도를 냈다. 이미 속도는 오를 만큼 올라 있었다. 손을 수직으로 넣고 그대로 물을 잡아당겨 밀어내는, 가장 고통스러운 자세를 취했다. 근육이란 근육은 모두 실로 묶여 강하게 뼈 쪽으로 끌려가는 듯했다.

나는 신음소리를 내면서 물을 끌어당겼다. 마지막 턴 때,

"라스트!"

하고 귓전을 내리치는 듯한 소리가 들렸다. 나는 아득히 족제비이구나 싶었다.

나는 수영장 바닥에 있는 선을 보았다. 줄창 그것을 정면으로 바라보며 물을 긁었다. 내가 그렇게 난폭하게 수영하는 일은 좀체로 드물었다.

철망에 기대서서 나와 남자의 수영을 지켜보던 부원들은 불안해졌는지 가까이 다가와 응원을 보내기 시작했다.

내 몸이 물에서 나왔구나 싶었다. 한참만의 숨쉬기. 그러나 몸은 다시 돌처럼 무겁게 가라앉았다.

끌어당기고, 밀어내도, 끝도 없이 밀려오는 물. 몸 속에서 피가 끓고 있었다. 눈도 입도 확확거렸다.

나는 떼쓰는 아이처럼 손발을 바동거렸다. 손끝에 딱딱한 것이 닿았을 때 눈 앞은 거의 캄캄했다.

남자의 머리도 옆에 있었다.

우리는 풀장 밖을 쳐다보았다.

"이겼다, 이겼다."

족제비가 큰소리로 외쳤다.

"터치의 차이."

누군가의 손에 끌려 풀장 밖으로 올라간 나는 그대로 고개를 젖혀 위를 쳐다보았다.

'하늘이 흐리구나.' 하고 생각했지만, 그것은 착각이었다. 수영을 한 뒤라 눈이 침침해서 하늘이 뿌옇게 보인 것이다.

이겼다는 실감이 조금도 나지 않았다. 터치를 하고 고개를 돌렸을 때 남자는 이미 거기 있었다. 남자도 같은 생각인 게 분명했다.

나는 나른하게 남자 쪽을 보았다.

남자는 아무 일도 없었다는 듯이 수건으로 몸을 닦고 있었다.

나는 일어서서 남자 옆으로 갔다.

"승부는 접어 두죠."

그렇게 말하면서 나는 왠지 거짓말을 하고 있는 듯한 기분이 들었다.

이소순은 자기 아버지가 수영을 한다는 얘기 같은 건 한 번도 하지 않았다. 대체, 이게 무슨 영문인가.

부원들이 남자 주위에 모여들기 시작했다.

남자는 다소 숨을 헐떡였지만 침착하게 말했다.

"소순이가 늘 신세를 지더구나."

돼지가 말했다.

"아저씨, 빙빙 돌려서 얘기하시네. 아저씨는 우리가 이소순을 따돌린 게 못마땅해서 여기 찾아 온 거잖아요."

남자는 거기에 직접 대답하지 않고 이렇게 말했다.

"소순이는 충격을 받았어."

"아저씨."

족제비가 몸을 내밀며 말했다.

"지금 돼지가 따돌렸다는 잘못된 표현을 썼는데, 우린 누굴 따돌린 적 없어. 이 많은 사람이 이렇게 하자고 결정한 걸 그 자식만 반대했다고. 뭐, 그것도 자유니까, 상관없지.

하지만 그 자식 말대로 수영부를 이대로 놔두었다가는 우린 학교에 무조건 항복하는 게 된단 말씀이야. 솔직히 그런 거 가장 못하는 놈이 이소순 아닌가? 이 학교 어떤 선생이 무슨 말을 지껄였는데? 이소순한테 대놓고 "불만이 있으면, 너, 너네 나라로 가서 공부하면 되잖아." 그랬어. 난 야시장에서 조선인들한테 자주 들었는데, 좋아서 일본에 온 사람은 하나도 없어. 중학생인 나도 일본인이 조선인한테 얼마나 못된 짓을 해 왔는지 알고 있는데, 학교 선생이면서 대학에서 뭘 배웠는지. 내가 이소순 대신 그 선생을 확 갈겨줬지. 아저씨, 우린 비뚤어져서 반항하는 거랑 다르다고."

"너희가 소순이를 아낀다는 건 잘 알고 있어."

돼지가 말했다.

"따로 특별히 아껴 주진 않지. 다 똑같지, 뭐."

그 말끝에 돼지는 못마땅하다는 듯이 내뱉었다.

"이제까지 이소순하고 사이좋게 지내 왔지만, 얘기가 이렇게 되면 이젠 달라. 생각이 다른 놈하고 같은 길을 갈 순 없잖아요. 우린 이소순한테 배신당한 기분이야."

"아, 그래?" 남자는 여전히 침착하게 말했다. 그리고는 잠시 생각에 잠겼다.

우리는 남자의 옆얼굴을 물끄러미 보았다. 족제비가 우리의 마음을 대변해 주었기 때문에 나는 아무 할 말이 없었다.

나는 남자가 무슨 말을 할지 궁금했다.

잠시 후, 남자는 혼잣말로 중얼거렸다.

"왜 올림픽에 흑인 수영 선수가 안 나오는지 알아?"

우리는 얼굴을 마주보았다.

"수영 시설이 원래 백인을 위해 만들어진 거니까."

다들 그게 우리하고 무슨 상관이냐는 표정을 지었다.

"바로 최근까지 일본에도 그런 경우가 있었지. 미국인 전용 해수욕장이 오키나와 바닷가에 있었는데, 그 지방 아이들은 철망 너머로 그 바다를 바라보기만 했지. 원래 자기네 바다였는데 말이야."

남자는 무슨 말을 하고 싶어서 저런 이야기를 하는 걸까.

"난 말이야, 어렸을 때부터 헤엄치기를 좋아했어. 온종일, 강에서 수영을 했지. 무척 즐거웠어. 수영하는 게 더 이상 즐겁지 않게 된 건 너희 또래부터야. 너희도 알다시피, 당시 조선은 일본의 식민지였어. 일본인이나 조선인이나 다 한 형제라고 했지만, 순전히 입에 발린 소리일 뿐이었지. 일본인과 조선인의 생활은 비교도 안 될 만큼 극심하게 차

이가 났어. 수영 대회가 열렸지. 이기는 건 일본인이고 지는 건 항상 조선인이야. 알겠니? 올림픽에 흑인 수영 선수가 안 나오는 것과 똑같은 이치지. 조선인은 투혼이 강한 민족이야. 일본인과 마찬가지로 말이야. 우리는 분했어. 수영장에서 헤엄치지 못하기 때문에 강에서 연습을 해야 했거든. 강의 물살을 거스르며 이를 악물고 연습했지."

족제비도 돼지도 어느새 눈을 빛내며 남자의 이야기를 듣고 있었다.

"어느 나라 사람이든 하면 할 수 있어. 일본인을 이기는 조선인이 나타났지. 더러는 좋은 일본인도 있었지만, 못된 일본인이 더 많았어. 일본인을 이겼다고 몹시 구박을 하더군. 나는 고집이 셌기 때문에 아무리 구박해도 꿋꿋이 연습해서 시합에 나갔지. 그리고 조금씩 이름이 알려졌지."

다들 남자의 억센 팔을 가만히 바라보았다.

"독일 선수가 왔을 때 최초로 국제 시합에 나갔다. 기뻤지. 열심히 해서 결승전에서 3등으로 들어왔어. 일본, 독일, 조선의 순서였지. 일본 국기가 올라갔다. 독일 국기도 올라갔고. 그리고……. 그러고 나서 올라간 것은 역시 일본 국기였어. 나는 울었어. 관중들은 기뻐서 우는 줄 알았겠지만,

나는 분해서 울었다. 그 뒤 난 수영을 그만뒀어."

내 목이 꿀꺽 울렸다.

"내가 다시 수영을 하게 된 것은 소순이가 수영을 하면서 부터야. 오랫동안 나는 저항해 왔지. 오랜 저항이었어."

남자는 그렇게 말하고 먼 곳을 바라보았다.

잠시 후, 남자는 조용히 말했다.

"소순이는 이 이야기를 알고 있지. 소순이는 수영부에 들어가서 정말로 기뻐했어. 그 녀석도 자기가 조선인이라는 이유로 이제껏 끔찍한 일들을 당해 왔기 때문이지. '수영부 녀석들은 선생한테는 미움받고 있지만 진짜 좋은 놈들이야. 그 녀석들하고 있을 땐 정말 동등해.' 그렇게 말하면서 소순이는 기뻐했지. 어제 소순이는 울고 있었어. 하루 종일 밥도 안 먹고 울었지. 소순이는 잃고 싶지 않았던 거야. 내가 맛본 적이 없는 세계를 어떻게든 잃고 싶지 않았던 거지."

족제비는 울먹이는 표정으로 나를 보았다. 나는 가슴 속이 뜨거워지는 것을 주체하지 못하면서 남자의 말을 곱씹고 있었다.

'오랫동안 나는 저항해 왔어. 오랜 저항이었지.'

* * *

"어때, 기운이 다 빠져 버린 건 아니겠지. 한 판 더 할까?"

남자는 하얀 이를 드러내며 말했다.

"내 나이도 있고 하니, 200미터 한 판, 어때?"

소순이 아버지는 웃는 얼굴로 꼬드겼다.

"좋았어."

나는 일어났다.

"이번엔 진짜야."

강한 체하지는 않았다.

'일생일대의 대시합이다.'

정겨운 적이 내 눈을 보고 미소지었다.

"나도 끼워 줘."

족제비가 말했다.

"이 몸도."

돼지도 말했다. 눈 깜짝할 사이에 여덟 레인이 꽉 차 버렸다.

"준비, 땅!"

굉장한 물거품이 일었다.

선생님, 배를 탈 때는 왠지 쓸쓸해요. 기차를 탈 때와 달리, 제 영혼에서도 멀어져 가는 듯한, 뭐라 말할 수 없는 쓸쓸함이에요. 키우던 새끼 고양이를 남의 집에 보낼 때 이런 느낌이 들지도 모르겠군요.

제가 타려는 배는 3천 톤급의 여객선인데, 지금 조용히 고베 항에 정박해 있어요. 하얗게 칠한 배는 어두운 바다에 멍하니 떠 있습니다. 멀리서 보면 하얀 소가 엎드려 있는 것 같아 조금 가엾은 생각마저 듭니다.

선생님. 이렇게 편지를 쓰니 여기는 자못 조용한 곳 같지요. 제가 무척이나 편안한 여행길에 오르고 있는 것 같을 테죠. 잠시 기다려 주세요.

아쉽게도 부두는 시끌시끌합니다. 배를 전세 낸 K여행사 직원과 승객이 싸우고 있어요. 빨리 접수를 끝내고 좋은 자리를 잡으려는 손님과 순순히 그렇게 해 주지 않는 직원이 서로 질세라 고함을 질러대는 통에 꼭 도떼기시장 같아요.

저는 아저씨처럼 혀를 '쯧쯧' 차고 있습니다. 이런 짓을 하면 안 되는데…… 생각하면서요. 아까부터 얼얼하던 손바닥이 이제는 가려워지는 바람에 급기야 이런 일로도 짜증이 나는군요. 같이 온 사친도 옆에서 투덜거리고 있어요.

바로 30분 전에 우리는 항구 앞 식당에 있었어요. 술 냄새와 기름 냄새가 자욱한 곳이었죠. 선원인 듯한 남자의 노랫소리, 조선소 노동자의 이야기 소리, 식당 아저씨의 웃음소리가 뒤섞여 분위기가 썩 좋은 가게였답니다. 밤늦게 여자 아이 둘이 들어왔는데도 이상한 눈으로 보지 않고 맛있는 차를 쓰윽 내 주더군요. 상냥하게 웃는 얼굴로 주문도 받아 주었고요.

작지만 아직 살아 있는 새우, 아직 푸른빛이 도는 양태의 가운데 토막, 갓 지은 구수한 밥. 저는 그것들을 먹으면서

무척이나 행복한 기분이 들었답니다. 사친과 저는 얼굴을 마주 보며 생긋 웃고 있었어요.

선생님. 이번 야에야마(일본 남단 오키나와 현 남서부의 섬들이 모여 있는 지역—옮긴이) 여행은 예상대로 부모님의 반대에 부딪혔어요.

저희 부모님은 무척 너그러운 분들이지만, 제가 아무것도 안 할 때나 그렇지 막상 제가 뭔가 하려고 하면 갑자기 보수적으로 변하시거든요. 어른이란 다들 그런 경향이 있는 것 같아요.

선생님께는 비밀로 하고 가야겠다고 생각했어요. 하지만 부모님께 그럴 수는 없죠.

어지간히 끈덕지게 졸라댔어요.

부모님께선 조건을 붙이시더군요. 똑바른 친구와 함께 갈 것, 믿을 만한 여행사 관광단에 접수할 것.

저는 그 조건을 받아들였어요. 어떻게든 야에야마에 가 보고 싶기도 했지만, 고2라는 제 나이를 생각하면 부모님께서 걱정하시는 것도 당연하다 싶었어요.

그래서 저는 친구 사친에게 봄방학을 즐겁게 보내지 않겠느냐고 했지요.

손바닥이 아직 가려워요. 왠지 기분 나쁜 느낌이 드네요.

아직 스무 명 가량이 나란히 차례를 기다리고 있어요. 저는 조금 떨고 있고요. 4월인데도 어찌나 추운지요.

501번이라고 부르는 소리에 저는 화가 났어요. 손님을 번호로 부르는 장사꾼이 있다니요. 봉투를 하나 받았어요. 열어 보니 등사기로 인쇄한 야에야마 제도의 약도와 종이 테이프가 들어 있더군요. 한밤중에 떠나는데 무슨 종이 테이프가 필요하겠어요? 배웅 나올 사람도 없는데.

B-10이라고 쓰인 방 배정 카드를 들고 안내를 받아 선실로 가 보니 그곳은 배의 맨 밑이었어요. 마치 학교 강당에 칸막이를 한 것 같은 그곳에는 노란 주단이 깔려 있었답니다.

저는 곧장 바닥에 쓰러졌죠. 엔진의 진동이 느껴졌어요. 그러자 괜히 몹시 슬퍼졌어요.

사친이 화장실에 갔을 때 조그만 소리로 '선생님' 하고 불러 보았어요.

선생님이 오키나와 사람이라는 사실을 안 것은 훨씬 나중이었죠.

선생님과의 만남은 너무나도 충격적이었기 때문에 평소에 새로운 선생님께 갖던 호기심 같은 건 싹 달아났어요.

선생님이 우리 담임 선생님이 되신 건 1학년 때였지요.

선생님은 교실에 들어오자마자 묵묵히 칠판에 폭탄 그림을 그리셨어요. 그리고는 남 얘기하듯 말씀하셨죠.

"나는 어렸을 때, 나하(오키나와 현의 현청 소재지—옮긴이)의 불탄 자리에서 이 그림과 같은 폭탄을 건드려서 오른손을 날렸다."

그리고는 그때 상황을 꽤 자세히 말씀하셨어요. 다들 찬물을 끼얹은 듯 조용히 그 이야기를 듣고 있었죠. 이야기가 끝나자 이자와가 그랬죠.

"선생님, 그 손 좀 보여 주세요."

저는 순간 가슴이 철렁했어요. 하지만 선생님은 담담하게 말씀하셨죠.

"구경거리가 아니니까 지금은 보여 줄 수 없다. 나중에 자연히 보게 될 거야."

저는 속으로 대단한 선생님이구나 싶었어요. 하지만 선생님, 고1이니까 아주 유치하고 대책 없는 아이가 있는 법이죠. 꽤 많은 학생들이 선생님 뒤를 쫓아가 교무실 문간을 기웃거렸다고 하더군요.

나중에 들은 얘긴데, 이자와 패거리는 선생님을 철봉으로

유인해서 철봉을 쥔 선생님 손을 보고 나서야 직성이 풀렸다고 하더군요. 정말 너무해요.

다음날, 이자와는 속도 없이 기가 펄펄 살아서 말했죠.

"앙코르."

선생님은 웃으면서 말없이 우리 앞에 손을 내미셨습니다.

선생님의 오른손은 첫째와 둘째 손가락이 떨어져 나가고 없었죠. 셋째 손가락은 심하게 휘었고 손등에는 세 갈래로 찢어진 큼직한 흉터가 남아 있었고요.

저는 무심코 숨을 죽였어요. 다들 제멋대로 수군거렸죠.

"기분 나빠."

"아이, 오늘 밤 꿈에 나타날라."

"아팠겠다."

개중에는 '이런 모양이구나' 하면서 자기 손을 구부려 보는 아이도 있었죠.

저는 소리를 '빽' 지르고 싶었어요. 야속한 인간들. 그것을 말없이 내버려두는 선생님도 싫어.

저는 꼭 제가 심하게 모욕당한 것만 같았어요. 하지만 저는 잠자코 있었죠. 혼자 착한 아이가 되는 게 싫었기 때문이에요. 약삭빠르게 그런 판단을 하는 제 자신이 지금까지도 싫어요.

선생님. 지금 징이 울렸어요. 출범이에요. 정각 22시군요. 시커먼 안개 속에서 하얀 소가 서서히 항구 밖으로 나가는 거예요.

* * *

여행객이 아닌 사람이 여행을 하고 있어요. 이 배에 이상한 사람들이 타고 있다는 사실을 알아차린 건 배가 항구를 떠난 지 두세 시간이나 지난 무렵이었어요.

제법 많이 취했는데도 술판을 끝낼 줄 모르는 사람들이 있어요. 저와 사친은 그 남자들을 산적이라고 이름 붙여 주었어요. 마작 테이블을 둘러싸고 있는 패거리는 갱이고요.

대학생 같은 젊은 사람도 많이 있어요. 긴 머리를 늘어뜨리고 기타를 치거나 남녀가 소곤소곤 이야기를 나누고 있는데, 어딘지 기분 나쁜 젊은이들이에요. 덜익은 열매 같은 느낌이 들었어요.

'히비스커스가 사철 여름내 피는 섬, 최후의 낙원 야에야마 제도'

이 선전 문구에 끌려 모여든 사람들이에요. 배 전체가 하나의 관광 부대죠.

"여러분께 알려 드립니다. 이시가키 섬에서 관광하실 분은 K여행사에서 전세 낸 작은 배와 버스를 이용하십시오. 정원이 차는 대로 마감하겠습니다. 이틀 동안의 비용은 6천 엔입니다. 속히 신청해 주십시오."

10분 정도 간격으로 방송이 나왔어요. 그때마다 허둥지둥 뛰어다니는 사람이 있고요.

6천 엔을 내고 표를 받아요. 그걸 가슴에 달고서야 겨우 안심하는 사람들의 얼굴을 보고 있자니 저도 모르게 웃음이 나오지 뭐예요.

문득 얼마 전에 읽은 체홉의 〈행복한 남자〉라는 단편 소설이 떠올랐어요.

이 사람들은 대체 어디로 가고 있을까요. 야에야마라는 섬으로 가는 걸까요, 남쪽 바다의 낙원이라는 꿈으로 가는 걸까요.

체홉은 〈행복한 남자〉에서 이런 이야기를 했지요.

— 기차 안에 유쾌한 한 사내가 있었다. 그는 흠뻑 취해 있었다. 너무나 행복한 모양이었다. "나는 지금 행복해. 너

무나도 행복해." 하고 금방이라도 울 것처럼 말했다. 사내는 신혼 여행 중이었던 것이다. 몇 번이나 건배를 하고, 자, 이제 신부는……, 행복한 사내는 정신이 번쩍 들었다. 신부는 다른 기차를 타고 있었던 것이다.

* * *

아침 여섯 시에 눈을 떴어요.

저는 사친을 꾀어 갑판에 나갔답니다.

바다는 물고기 뱃속처럼 검푸른 빛을 띠고 있었어요. 바다 전체가 크게 넘실거리며 대양의 알 수 없는 힘을 느끼게 했어요. 배의 추진기가 휘저어 놓은 바닷물은 아름다운 코발트색이 되어 북유럽 소년의 눈 같았죠.

아침을 먹었어요. 채 썬 양배추와 햄을 넣은 샌드위치, 삶은 달걀, 커피.

아홉 시쯤부터 약한 햇살이 비치기 시작했어요. 날씨가 이렇게 나쁘면, 남성적이고 성난 듯한 남국의 태양을 만나지 못할지도 몰라요. 조금 쓸쓸한 기분이에요.

뒤쪽 갑판에 나와 몸을 ㄱ자로 구부렸어요. 약한 햇살이에요. 그런데도 계속 받고 있으니 더워져요. 꽁꽁 얼었던 생선이 풀리는 듯한 나른한 기분이 들어요. 음, 꼭 달콤한 꿀 같아요.

저는 멍하니 바다를 보고 있어요. 바다만이 제 안에 있어요. 바다는 둥글죠. 꼭 선생님의 마음처럼요.

선생님이 이자와의 앙코르에 답하여 아이들 앞에서 망가진 손을 내밀었을 때, 저는 선생님께 좋은 감정을 가질 수 없었어요.

하지만 일주일이 지나자 반 아이들 모두가 선생님의 손을 말거리로 삼지 않게 되었고, 심지어 중학생처럼 선생님하고 손을 잡는 아이까지 생겼죠. 아무도, 아―무도 선생님의 손을 의식하지 않았어요. 대체 어찌된 일일까요.

저는 선생님과 눈이 마주치면 왠지 제 자신이 부끄러워져 눈을 내리깔곤 했어요. 그때 선생님은 이자와 같은 아이들까지 포함하여 우리 모두를 믿어 주셨던 거라고 보았어요. 그 순간 선생님이라는 분이 제 마음속으로 '우지끈' 소리를 내며 들어오셨답니다.

그 사건 때도 그랬습니다.

검은물잠자리가 조회 시간에 천황 이야기를 했을 때였어요.

눈이 유난히 검고 컸기에 검은물잠자리라는 별명이 붙은 교장 선생님은 비가 오기 시작했는데도 무척 오랫동안 천황 이야기를 했어요. 다음날이 천황 탄신일이었지요. 그날은 우리가 끔찍이도 좋아하는 음악 선생님 '팡팡 누나' 가(물론 별명이에요.) 첫 아기를 그야말로 '팡' 낳은 경사스런 날이었어요.

검은물잠자리는 우리한테 그 얘긴 한 마디도 해 주지 않고 천황이 태어난 얘기만 장황하게 늘어놓고 있었어요.

그때 비가 내렸지요.

선생님은 큰소리로 구령을 붙여 우리를 재빨리 교실로 들여보냈어요.

나중에 들었어요.

검은물잠자리가 노발대발하며 교무실에서 온종일 감기 걸린 고릴라처럼 고함을 쳐 댔다고요.

얼마 후, 선생님이 벌을 받았다는 얘기를 들었어요. 국기 게양 때 언제나 등을 돌리고 있는 것도 벌을 받는 이유 가운데 하나라는 얘기도요.

우리가 교장실에 몰려가려 하자 선생님께선 말리셨죠. 그리고 조금 쑥스러운 듯이 말씀하셨어요.

"만일 나를 위해 뭔가 해 줄 생각이 있으면 오키나와에 대해 공부해다오. 그걸로 충분하다."

선생님!

제가 오키나와라는 말이 들어간 제목의 책들을 사기 시작한 것은 그때부터예요.

앗, 선생님. 지금 날치가 날았어요. 여기도 저기도. 파란 로켓 불꽃 같아요.

* * *

저도 사친도 어느새 꾸벅꾸벅 졸고 있었어요. 추워서 눈이 뜨였죠. 점심때가 조금 지난 시각인데도, 벌써 해가 지기 시작해요. 위도 31도를 항해 중이라는데 이상한 기온이에요.

마침내 빗발이 뿌렸어요.

선내 방송이 배가 저기압권에 들어갔음을 알렸고요.

저와 사친은 하는 수 없이 선실로 내려갔어요. 선실에서는 갑자기 불어난 사람들 때문에 시큼한 냄새가 물씬 풍겼어요.

저는 시끌시끌해지기 시작한 선실을 불안한 토끼 같은 눈으로 기웃거리고 있었답니다.

선생님, 이렇게 보고 있으니까 2등 선실은 꼭 영화에서 본 난민 수용소 같아요. 담요를 뒤집어쓴 다랑어가 여기저기 누워 있어요.

저는 곧 바닷가에서 신기한 조가비를 찾은 어린아이 같은 눈이 되었습니다.

비스듬히 앞쪽에 허리가 굽은 할머니 네 분이 계세요. 이 할머니들은 주위 젊은이들이 아무리 떠들어도 불평 한 마디하지 않고 똑같은 자세로 바위처럼 눌러 앉아 계세요. 감탄스럽다기보다는 질리는 기분이에요.

제 옆에 계신 할아버지는 '시요지 다로'의 친구였대요. 시요지 다로는 꼭 시멘트로 굳혀 놓은 듯한 부동 자세로 꼿꼿이 서서 '산의 까마귀가 울고 있네에—' 하고 노래하던 원로 가수지요, 선생님?

이 할아버지는 식사 방송이 나오면, "밥 먹으러 갑시다." 하고 벌떡 일어나서 휘청휘청 걸어가시기 때문에, 우리는 시중꾼이라도 된 듯 쪼르르 따라가게 된답니다.

배 안에는 별별 사람이 다 있어요.

그렇게 제가 지루함을 달래는 동안에도 배가 점점 심하게 흔들렸어요.

좌우 흔들림이 말도 못하게 심해요. 선실의 둥근 창으로 밖을 보니까, 파도가 거대한 사자처럼 사납게 포효하고 있더군요. 선반 위의 물건이 '쿠당탕' 떨어지고, 선내 방송에서는 밖에 나와 있는 짐을 고정시키라고 했어요.

선실 안이 조용해졌습니다.

산적들은 픽픽 쓰러졌어요. 갱도 도통 기운이 없고요. 새파랗게 질려서 기도라도 하는 표정으로 누워 있는 거 있죠. 덜 익은 열매들은 그저 겁에 질린 얼굴을 마주볼 뿐 입도 뻥긋하지 않네요.

쌤통이다.

뱃멀미를 별로 하지 않는 저와 사친은 내심 통쾌하지 않을 수 없었어요.

이렇게 하얀 소는 태풍 속에서 야에야마 제도의 이시가키 항에 입항했답니다.

선생님, 오키나와 섬을 그냥 지나쳐 곧바로 야에야마로 온 것이 마음에 걸리고 가슴 아파요. 하지만 좀더 솔직히 말해서 어쩐지 마음이 놓이는 것도 사실이랍니다.

* * *

선생님, 사친과 둘이서 다케토미 섬에 갔어요. 이시가키 섬에서 보면 그냥 평평한 섬인데, 막상 발을 디뎌 보면 어떨지.

한 마디로 말해 섬은 비에 젖은 커다란 애벌레 같아요. 끊임없이 꿈틀거리며 녹색 불이 이글거리는 것처럼 보이거든요.

산호 조각을 밟으며 그 대지에 서는 순간 아찔하게 현기증이 났어요. 겨우겨우 갈라진 하늘에서 춤추듯 쏟아져 들어오는 태양의 온기, 무수한 식물군에서 뿜어 나오는 숨결의 따스함이 느껴졌어요. 대기는 아지랑이가 되어 믿을 수 없이 요동치고 있답니다.

선생님, 저와 사친은 취한 사람처럼 걸었어요. 덮쳐 오는 초록 요정들을 하염없이 밀어 헤치면서요.

귀여운 손 같은 잎이 달린 자귀나무는 바람이 불면 한들한들 흔들려 바람의 곡선을 보여 주었어요.

바스락거리며 바싹 마른 소리를 내는 건 파초. 뽕나무는 뿌리가 딱딱하지만 잎은 조그맣고 연하죠. 판다누스 과의

아단은 화성인 같은 우스꽝스런 모습을 하고 있어요. 빈랑나무는 한껏 태양 빛을 받고 있어서 화장을 한 여인네 같고요. 하나하나 설명하려면 한이 없답니다. 아무튼 엄청나게 많은 식물군이 있으니까요.

저와 사친은 섬을 가로질러 쭉쭉 나아갔습니다.

하얀 산호 길을 걷다 보니, 점점이 검은 곳이 있었어요. 다가가서 보니까 커다란 아프리카 달팽이지 뭐예요. 달팽이는 왕처럼 뽐내며 꾸물꾸물 대지를 기어가고 있었어요.

갑자기 땅이 갈라지고 바다가 보였습니다. 저는 무심결에 한숨을 내쉬고 말았어요.

아름다운 반원 모양의 만은 모래밭 끝까지 자라난 식물에 둘러싸여 한가로운 하품을 하고 있는 것 같았어요. 새하얀 선, 거기서 녹아 나온 듯한 파란 덩어리.

나리꽃이 피어 있었어요. 우리는 그 곁에 앉아 바다를 보았답니다.

어제는 하루 내 비가 내렸어요.

저희는 배에서 내리지 않고 온종일 책을 읽었죠. 십 년 만에 찾아온 저온 현상이래요.

한낮에는 30도를 넘는다고 했으니까, 엄청나게 빗나간

셈이죠. 하지만 선생님, 관광단 사람들은 해수욕을 하러 갔답니다. 빗속에서 섬을 빙 돈 거죠. 아니, K여행사의 사기꾼들한테 억지로 끌려갔다고 해야 할지도 모르겠군요.

다들 와들와들 떨며 돌아왔어요. 너무 안됐다는 생각이 들었어요. 그래서 조금만 웃었죠.

선생님, 산적과 갱의 정체를 알았어요. 산적은 다이빙하는 사람들이고, 갱은 바다 낚시꾼들이었어요.

그러니 산적이나 갱이라는 말은 비유하는 말이 아니게 되네요. 물고기들에게는 정말로 산적이자 갱인 셈이니까요.

선생님, 여기서 바다를 바라보고 있으면 정신이 아찔해질 것 같아요. 페르시아 고양이의 눈을 활짝 펼치면 이런 바다가 되겠지요. 제가 앉아 있는 주변에는 갯메꽃이 만발해 있고, 나비는 눈만 살짝 움직여도 네댓 종류가 날고 있음을 알아볼 수 있답니다.

여기서 좀더 머무르려고 해요.

오늘 아침에 사친과 조금 말다툼을 했어요.

선생님이 저희한테 피카소의 그림, 게르니카를 보여 준 의미가 뭐였냐는 것 때문이었어요. 저는 그 그림이야말로 선생님 손가락의 고통이라고 했거든요. 사친은 그 말을 부정하진 않았지만, 그 사실이 모든 사람한테 이해되지 않으면 의미가 없다는 거예요.

하지만 선생님, 스스로 맞서지 않은 사람이 어떻게 남의 고통을 이해할 수 있겠어요? 다들 너무나 순순히 규칙을 따르고 너무나 욕망에 약해요.

사친은 그것도 인간이라고 했지만, 저는 그런 식으로 생각하고 싶지 않아요.

선생님은 결코 우리를 억누르지 않으세요. 그건 선생님께서 이제까지 사람들한테 억눌려 왔기 때문이라고 생각해요. 죄송해요, 선생님, 주제넘게.

사친과 그런 말다툼을 했던 거예요.

그날, 배에 돌아오자(배는 호텔을 대신하고 있어요.) 뒤 갑판에 산적들의 전리품이 놓여 있더군요. 전갱이, 참돔, 비늘돔, 농어. 모두 큰 고기들로 1미터가 넘는 것도 몇 마리 섞여 있었답니다.

산적들은 무척 유쾌해 보였어요. 떠들썩하게 소란을 피워대며 이제 생선의 내장을 빼낼 거라나요. 전갱이를 달아 보니 25킬로그램이나 되더군요. 산적들은 그것을 둘러싸고 기념 사진을 찍고 나서 고기의 배를 가르기 시작했죠. 전갱

이는 하얀 눈으로 허공을 노려보고 있었답니다. 농어는 재미있는 일이라도 만난 듯 익살맞은 눈을 하고 있었고요.

창자가 털썩털썩 내던져지고 물고기들은 그것을 보며 수근거리고 있었죠.

* * *

선생님.

오늘 이 배에서 내립니다. 이 여행은 왕복 여행이기 때문에 도중에 내릴 순 없지만, 구실을 그럴듯하게 붙여서 내릴 수 있게 되었어요.

그런 짓을 하면 부모님 기대에 어긋나게 되겠지만, 사실은 오늘 이시가키 섬에서 한 할머니와 만나고 나서 사촌과 이미 그렇게 하기로 결심했답니다.

선생님, 오키나와의 묘는 거북이 등처럼 생겼고 무척 크네요.

산호 언덕 위에 그런 묘가 많이 있었어요. 바다가 날뛰고 있어서 물 위로 삐죽 솟은 암초가 소용돌이치는 파도로 새하얗게 보였어요. 세찬 비가 쏟아져 꽉 붙잡고 있는 우산이 당장이라도 날아갈 것만 같았어요. 하얗고 긴 천이 장대 끝에 달려 있었는데, 강한 바람에 나부끼는 모습이 어쩐지 죽은 자의 영혼이 떠도는 것처럼 보였지요.

사친과 저는 아무 말 없이 그저 그 엄청난 광경을 물끄러미 바라보고 있었어요.

아무도 없는 줄 알았는데, 할머니 한 분이 무덤 앞에 무릎을 꿇고 앉아 계신 모습이 눈에 들어오더군요. 뭔가 중얼거리고 계셨어요. 자세히 들어 보니 불경 같기도 하고 노래 같기도 했어요.

처음에는 방해하지 않으려고 멀리서 바라보고 있었지요. 하지만 비가 세차지자, 젖지 않은 저도 추운데 흠뻑 젖은 할머니는 얼마나 추울까 싶어 우산을 씌워 드렸어요.

할머니는 돌아보더니 고맙다고 했어요. 그러더니 다시 뭐라고 중얼거리시는 거예요.

"할머니, 댁까지 모셔다 드릴게요."

사친이 여쭈었어요.

"고맙구나. 하지만 괜찮아."

저는 좀더 힘주어 말했어요.

"저희는 별로 바쁘지 않으니까, 모셔다 드릴게요."

"고맙구나."

할머니는 이번에는 순순히 따라 주셨어요.

할머니 댁은 묘에서 그리 멀지 않은 곳에 있었답니다. 야에야마 제도의 어느 섬에나 있는 산호 담으로 둘러싸인 소박한 집이었죠. 방 하나만 덩그러니 있는 집이요. 가재 도구는 거의 없었어요. 기와의 붉은 빛깔과 정원에 피어 있는 히비스커스와 에리트리나가 집을 밝아 보이게 하지만, 그런 자연의 힘을 빌리지 않고 바라보면 가난만이 눈에 띕니다.

할머니는 옷을 갈아입으시더니, 저희에게 차와 흑사탕을 대접해 주셨어요.

"다달이 우리 영감이 죽은 날짜가 되면 그렇게 성묘하러 가지. 비가 오나 바람이 부나."

"할머니 가족은⋯⋯."

사친이 조심스레 여쭤 보았어요.

"손자 하나가 오사카에 있는데, 여름에만 와."

"그럼 할머니 혼자 지내세요?"

할머니께선 고개를 끄덕이시더군요.

"아드님은⋯⋯."

"둘 다 천황 폐하께 바쳤지."

선생님, 저는 그때 가슴이 철렁했습니다.

"천황 폐하께서 아직 감사의 말씀을 안 해 주셨어. 이웃 오야마 씨네도 외아들 미네요시를 천황 폐하께 바쳤지. 역시 아직 감사의 말씀이 없으셨지."

가슴이 뻐근하니 아파 오는 것을 느꼈습니다.

"할아버지는 병으로 돌아가셨어요?"

저는 화제를 바꾸려고 물었어요.

"말라리아였지. 말라리아로 죽었어. 군인들 명령으로 이리저리 옮겨 다녀야 했거든. 하테루마 섬 사람도, 구로 섬 사람도, 아라구스쿠 섬 사람도 이리 갔다, 저리 갔다 했지. 그러다 죄다 말라리아로 죽은 거야. 야에야마에서는 전쟁이 없었다고들 하지만, 그건 터무니없는 소리야. 총알에 맞아 죽었느냐, 말라리아로 죽었느냐만 다를 뿐이지. 말라리아로 죽은 사람은 전사자로 모셔 주지 않아. 세상에 그렇게 슬픈 일이 또 있으려고. 그래서 나는 비가 오나 바람이 부나 우리 영감 묘에 가는 게야."

사친의 눈이 약간 붉어져 있었어요.

"묘 앞에서 할아버지하고 얘기 나누고 계셨어요?"

"기도를 하고 있었지."

"무슨 기도요?"

할머니는 갑자기 얼굴이 굳어졌습니다.

"그 얘긴 할 수 없어."

옹고집스런 목소리로 할머니가 그렇게 말씀하시는 거예요.

선생님, 할머니는 왜 제 질문에 대답해 주지 않았을까요? 제가 눈치가 없었을까요, 아니면 너무나 본토 토박이 같은 저를 거부하신 걸까요?

할머니는 이내 다정한 태도로 돌아와 인자하게 말을 이으셨죠. 하지만 저는 더 이상 할머니의 이야기를 듣고 있지 않았어요. 두근거리는 가슴이 도무지 멎지를 않는 거예요.

사친과 둘이 빗속에서 버스를 기다렸습니다. 옆에 진홍빛 꽃이 핀 에리스리나 몇 그루가 서 있었어요. 저는 무심코 나무들을 쳐다보았죠.

그 순간 가벼운 현기증이 일었어요. 별안간 꽃의 빛깔이 바래서 저는 '앗' 하고 작은 비명을 질렀죠.

* * *

선생님. 내일부터 사친과 둘이서 여행을 합니다. 오키나와 섬에서도 편지 드릴게요. 부모님께는 벌써 편지를 써 두었어요.

프 람바난에서 만난 소년 이야기를 하겠습니다.

　　프람바난이란 인도네시아에 있는 요그야카르타 시 북동쪽 교외를 가리키는 지명으로, 일본으로 치자면 교토쯤 되는 곳이라고 할 수 있겠죠.

　　근처에 보로부두르(인도네시아의 자바 섬에 있는 불교 유적. 8, 9세기에 만들어져 오래 땅 속에 매몰되어 있다가 1814년에 발견되었다.―옮긴이)라는 세계적으로 알려진 동남아시아 굴지의 불교 유적이 있기로 유명합니다. 프람바난에도 불교 유적은 있지만 그보다는 '라라종그랑'이라는 힌두교 사원이

오히려 널리 알려져 있습니다.

올 여름에 나는 이 두 유적지를 찾아 여행을 떠났습니다.

자카르타를 떠난 것은 8월 15일 저녁나절이었죠. 외국 관광객이 주로 이용하는 비마 호라는 관광 특급 열차 표는 이미 매진되었기 때문에, 나는 보통 열차를 탔습니다. 프랑스 사람 몇몇을 제외하고는 외국인 승객은 없었습니다. 당연한 일이겠지만, 커다란 짐을 안고 있는 인도네시아 사람이 대부분이었습니다. 시골로 찾아가는 건지 아니면 시골로 돌아가는 건지 짐작이 가지 않았지만, 상당수가 맨발인 것으로 보아 지방 사람이 많은 것 같았습니다.

일본에서는 맨발로 기차를 타는 일이 없지만, 인도네시아에서는 예삿일인 듯합니다. 예의에 어긋나기는 하지만, 사실은 그게 아주 기분이 좋지요. 솔직히 말하면 나도 몇 번이나 맨발이 되었죠. 맨발은 말할 것도 없고, 기차에 타자마자 통로에 털썩 주저앉는 아주머니도 있습니다. 걸치고 있는 아름다운 자바 사라사(여러 가지 색깔로 동식물이나 기하학적인 무늬를 염색한 천—옮긴이)가 더러워지는데도…….

"아까워라."

나는 일본어로 혼잣말을 했습니다.

차 안은 찌는 듯이 더웠습니다. 냉방 시설이 없었으니까요. 요그야카르타 시까지 10시간 남짓한 여행이 꽤나 고되겠구나 싶더군요.

열차가 움직이기 시작해도 차 안의 온도는 별로 변하지 않았습니다. 땀이 송송 솟고 숨쉬기조차 고통스러울 정도였습니다. 이상하게도 현지 사람들은 땀을 흘리지 않더군요. '어라?' 자세히 보니 남자들은 대부분 긴 소매옷을 입고 있지 뭡니까. 개중에는 스웨터를 껴입고 있는 사람까지 있고 말이죠. 나는 속으로 '거, 이상하네.' 하고 생각했습니다.

그때 가죽점퍼를 입고 있는 사람을 발견했죠. 정말이지 웃음이 절로 났습니다. '멋 부리다 얼어 죽는다.'는 말이 있죠. 뚱뚱하게 보이기 싫어서 추울 때 얇은 옷을 입는다는 얘기인데, 인도네시아의 가죽점퍼는 '멋 부리다 쪄 죽는다 (?)'고나 할까요?

그러고 보니, 그 사람은 수염을 기르고 제법 점잔을 빼고 있었습니다. 나는 왠지 유쾌해졌죠. 유쾌하기로 따지자면, 아니 이건 '유쾌'라는 말을 쓸 수 없을지도 모르지만, 경기관총을 메고 차 안을 감시하고 있는 사람을 빼놓을 수 없습니다. 경찰인지 군인인지 분명치 않았죠. 허름한 복장을 하고 허리에 탄창 같은 걸 찬 모습이 꼭 산 속의 사냥꾼 같았습니다. 수염을 덥수룩하게 기르고 조금도 웃지 않으며 차 안을 돌아다니는 모습이 어딘지 재미있어 보였습니다.

내 왼쪽 좌석에는 자매인 듯한 두 사람이 앉아 있습니다. 언니 쪽은 한 스무 살쯤 됐을까? 거무스름한 얼굴에 초롱초롱 빛나는 눈이 인상적이었습니다. 동생으로 보이는 열 살 남짓한 소녀의 어깨를 꽉 끌어안고 꼼짝도 않고 앉아 있었죠. 아무래도 여행길이 낯선 모습입니다. 신문지 꾸러미에서 빵 같은 것을 꺼내 둘이서 조용히 먹더군요. 다 먹고 나서는 다시 서로 꼭 껴안고 있고요.

이 자매는 어디로 무엇을 하러 가는 걸까요? 어떤 사람들일까요?

이 자매와는 대조적으로 그 앞에 앉아 있는 모녀는 아주 느긋하니 즐거워 보였습니다.

초로의 어머니는 점잖은 무늬의 사라사 옷을 입고 있었습니다. 딸은 고집이 세 보였는데, 아주 짧은 미니스커트 차림이었죠. 화장도 도시풍으로 했고요.

딸은 잠을 자려고 어머니의 어깨나 무릎에 기댔다가 같은 자세로 있기가 불편한지 자꾸만 몸을 뒤척입니다. 그때마다 딸은 그것이 자못 어머니의 탓인 양 어리광을 부리며 어머니를 때립니다. 어머니는 응석받이 아이를 달래듯이 사랑스러운 손길로 딸의 머리카락을 어루만져 주었죠. 그러면 딸은 어머니의 몸에 머리를 비비적거리며 한동안 얌전해지곤 했습니다.

어엿한 아가씨가 그런 갓난아기 같은 짓을 하는 것이 무척 사랑스럽고 흐뭇하더군요.

그런 기차 안의 풍경을 보고 있자니 '인간적이다, 다들 인간적이야.' 하는 생각이 절실히 들었습니다. 피부색이나 눈동자 색, 또는 옷차림의 차이, 그런 것은 상관 않고 사람들의 건강한 모습에 찡한 감동을 받거나 순박한 몸짓에 미소짓고 있는 나를 발견하게 됩니다.

이제 더위도 그리 신경 쓰이지 않습니다. 문득 정신이 들자 지독하게 목이 말랐습니다.

나는 사환에게 맥주를 주문하고 괜스레 흐뭇한 기분에 젖어 술잔을 기울였습니다. 온 몸에 취기가 확 돌았습니다. 피로가 몰려왔는지, 나는 어느새 곯아떨어지고 말았습니다.

쇠가 삐걱거리는 소리에 얼핏 잠이 깼습니다.

졸다가 자다가 했는지 눈을 떴는데도 머리가 멍했습니다.

열차는 어떤 역에 멈춰 있는 것 같았습니다.

굉장히 많은 사람들이 떼지어 올라탄 듯한 느낌이 들었지만 꼭 꿈속에서 일어난 일 같았습니다. 차 안이 와글거렸고 그 소리에 따라 정신이 점차 또렷해져 갔습니다.

가느다란 목소리가 났습니다. 굵은 목소리도 났고요. 뭘까? 눈을 돌리자 한 남자가 바나나 잎에 싼 사테(새 구이 같은 것)를 겨드랑이에 끼고서 팔고 있습니다. 자세히 보니 장사꾼이 제법 눈에 띕니다. 어느새 비집고 들어온 걸까요. 옥수수, 삶은 달걀, 차 따위를 소리쳐 팔고 있습니다.

말이 장사꾼이지, 차림새로 보아 인근 농민들임을 대번에 알 수 있었습니다. 알몸에 사라사를 치마처럼 두른 맨발의 남성은 도시에서는 거의 볼 수 없으니까요.

여자와 소년도 섞여 있었습니다. 좁은 차 안은 그 장사꾼들로 북적거렸습니다.

나는 꽤나 많은 사람들이 들어와 있구나, 감탄하며 바라보고 있었죠. 승객들은 거의 졸고 있었습니다. 살포시 눈을 떴다가도 장사꾼이라는 걸 알고 이내 눈을 감는 것이죠.

많은 장사꾼이 부지런히 물건을 팔고 있는데도 아무도 사려고 하지 않았습니다. 아니, 보려고도 하지 않는 거예요.

지독하다, 지독해……. 이런 생각이 절로 들었습니다.

중학생쯤으로 보이는 소년이 내 앞에 왔습니다. 손에 바나나 서너 송이를 들고요. 소년은 뭐라고 말하더니 한 송이를 내 앞에 쑥 내밀더군요. 그렇게 많은 걸 다 먹을 수는 없죠. 내가 거절하자, 소년은 다시 뭐라고 말하고 한 송이를 또 내미는 거예요. 그렇게 몇 번이나 되풀이한 끝에 마침내 내가 지고 말았죠. 영어로 얼마냐고 물어 보았습니다.

"원 헌드레드."

소년은 멋진 발음으로 대답하더군요.

"원 헌드레드 루피아? 오케이?"

"오케이."

소년은 생긋 웃으며 1백 루피아 지폐를 받았습니다.

나는 바나나 송이를 무릎 위에 놓고 한숨을 내쉬었습니다. 한동안 바나나와 씨름할 일도 걱정이지만, 바나나 값이 일본 돈으로 고작 70엔 정도라는 데 놀랐습니다.

소년과의 실랑이로 나는 잠이 싹 달아나 버렸습니다. 창밖이 시끄러워서 무심코 그 쪽으로 눈길을 돌렸다가 나는 얼결에 '앗!' 하고 소리를 지를 뻔했습니다.

아이, 아이, 아이, 엄청난 아이들. 저마다 손에 물건을 조금씩 들고 열차 창에 대고 소리를 지르면서 철로 위를 왔다 갔다 하고 있었습니다. 초등학생 나이의 아이들이 가장 많은 것 같았고, 네 살 가량의 어린이도 섞여 있었습니다.

인도네시아 어린이들은 눈이 크고 아름다운 것이 특징입니다. 그 눈이 어둠 속에서 팔랑팔랑 날아다니는 것입니다. 여기저기서 날아다닙니다.

나는 한동안 입을 열지도 못했습니다. 아이들은 하루에 몇 번밖에 다니지 않는 기차를 한밤중까지 기다리고 있었던 겁니다. 어쩌다 도착한 열차에 벌 떼처럼 모여든 거죠. 하지만 몇 명의 아이가 얼마만한 돈을 손에 넣을까요?

열차가 움직이기 시작했습니다.

아이들은 여전히 쫓아옵니다. 나는 아이들의 눈을 똑똑히 주시했습니다. 잊지 않으려고 뚫어지게 보았죠.

자카르타를 떠난 지 얼마 안 되어 다들 인간적이라고 순진하게 감탄했던 나는, 이제 입을 열 수 없을 만큼 충격을 받아 멀어져 가는 아이들을 끊임없이 응시하고 있었습니다.

어린아이들이 약속이나 한 듯이 열차 밖에 있었던 것은 달리는 차에 뛰어오르거나 뛰어내릴 수 없기 때문인 것 같았습니다. 열차가 제법 빠른 속도로 달리기 시작하고 나서

껑충껑충 뛰어내린 것은 모두 어른이나 젊은이들이었으니까요.

내게 바나나를 팔았던 소년은 어떻게 했을까요. 다부지게 어른 흉내를 내며 풀쩍 뛰어내렸을까요?

* * *

요그야카르타는 아름다운 도시였습니다. 시내에 있으면 많지 않은 자동차나 오토바이, 은행이나 호텔의 조명 등 소도시 특유의 어수선한 분위기 때문에 그 아름다움을 제대로 알지 못할 수도 있습니다. 하지만 옛날에 왕과 왕비가 목욕을 했다는 물의 궁전이 내려다보이는 언덕 위에 서서 요그야카르타를 바라보니 이 도시의 아름다움을 잘 느낄 수 있었습니다.

열대림이 한 눈 가득 들어옵니다. 대체 요그야카르타 시는 어디로 가 버렸을까 싶을 정도의 깊은 수해(樹海)입니다. 도시는 그 속에 숨어 있는 것입니다. 붉은 지붕이 점점이 머리를 내밀어 간신히 그곳이 도시라는 사실을 알 수 있습니다.

멀리 메라피 화산이 보였습니다. 수해 속에 가물가물 흰 연기를 피워 올리고 있는 그 다정한 모습은 보는 이로 하여 금 무심결에 한숨을 내쉬게 할 정도였습니다.

이 어머니와 같은 대지에서 인도네시아의 문화가 움트고 10여 세기가 지난 오늘날까지 이토록 아름다운 자연을 간직 하고 있다는 사실이 한없이 부럽기만 했습니다.

내가 요그야카르타에 도착한 것은 이른 아침이었습니다. 이제 보로부두르가 가까이 있다고 생각하니 가슴이 설렜습 니다. 당장이라도 달려가고 싶은 충동을 억누르고, 그 날은 그냥 휴식을 취했습니다. 세계적인 유적을 멍한 정신으로 보고 싶지는 않았으니까요.

다음 날, 나는 아침 일찍 일어났습니다. "자, 보로부두르 로 간다." 하고 말하자 입 꼬리가 절로 실룩거렸습니다.

이상하게 희죽거리는 얼굴을 운전수에게 보이기가 창피해 서, 나는 음악회에 가는 어린아이 같은 표정을 지었습니다. 그러자 더 이상해져서 당장이라도 '푸하하' 웃음이 터져 나 올 것 같더군요. 허겁지겁 근엄한 표정을 짓고……. 아무튼 그때 나는 몹시 복잡한 표정을 짓고 있었을 것입니다.

달리기 시작한 차는 시내를 금방 빠져 나갔습니다. 농촌

아낙네가 그날의 수확물을 갖고 시내로 서둘러 가는 모습이 여기저기 눈에 띄었습니다. 사라사를 띠처럼 어깨에 걸치고 야채나 과일, 또는 항아리를 솜씨 좋게 허리께에 고정시켜 운반하고 있습니다. 하루의 시작이구나 하는 실감이 났습니다.

논이 보였다가 대나무 덤불이 보였다가 했습니다. 한가로운 전원 풍경이 끝없이 이어지고 있었습니다. 하얀 종이 장식을 단 대나무가 길가에 여기저기 서 있습니다. 인도네시아에도 칠월칠석제가 있는 걸까요? 아니면 일본의 칠월칠석제 장식이 인도네시아에서 전해진 것일까요?

운전수가 앞쪽을 가리키며 뭐라고 소리쳤습니다. 아득히 멀리 거대한 폐허 같은 터가 보였습니다.

"마치 잿빛 괴조 같아!"

나는 흥분해서 외쳤습니다.

"이즈 디스 더 보로부두르?"

"예스, 찬디 보로부두르."

나는 차 안에서 엉거주춤한 자세로 드디어 눈앞에 마주한 보로부두르를 '자, 이제 놓아 주지 않겠어.' 하는 심정으로 뚫어지게 바라보았습니다. 지형 때문에 그 모습은 곧 시야에

서 사라졌지만, 가슴의 고동은 멈추지 않았습니다. 사라져 버린 보로부두르가 여전히 내 망막에 새겨져 있었습니다.

차는 계속 달렸습니다. 논을 가로지르고 숲을 빠져나가 마침내 밝은 햇살이 비치는 들판 같은 곳에서 멈췄습니다.

길을 따라 커다란 나무가 늘어서 있고, 그 그늘 아래 토산품 가게가 줄지어 있습니다. 가게라고 해 봤자 천막을 친 정도의 허술한 것이지만, 불상 모조품이나 그림 엽서, 소리가 나는 팽이나 조가비로 만든 목걸이 등을 따닥따닥 늘어놓고 그럴싸한 분위기를 내고 있습니다. 관광객이 많다는 거지요.

나는 그곳을 재빨리 빠져나와 보로부두르 쪽으로 발길을 재촉했습니다. 좁은 길은 가파른 비탈길로 바뀌었습니다. 숨을 헐떡거리며 5분 정도 올라갔을까요?

보로부두르는 내 앞에 홀연히 모습을 나타냈습니다. 나는 순간 숨이 멎었습니다. 이런 건조물을 뭐라고 형용하면 좋을까요?

하늘을 향해 활짝 핀 거대한 '돌꽃'이라고 하면 좋을까요? 대지에서 튀어오른 돌의 정령의 난무라고 하면 좋을까요? 활화산인 메라피의 분화로 생긴 안산암을 벽돌 모양으로

잘라서 접착제를 전혀 쓰지 않고 겹겹이 쌓아 올린 그 건조물은, 9층에 걸친 금자탑으로서 그 거대함과 힘과 아름다움이 도저히 사람이 만든 것이라고 생각할 수 없었습니다.

사각형의 회랑이 4층 있고, 벽면은 모두 부조로 되어 있습니다. 불교의 전설이나 경전을 그림 두루마리처럼 새겨 넣은 것입니다. 부처님, 하늘에서 춤추는 여인, 향로나 연꽃 따위를 들고 무릎을 꿇고 있는 남녀 등 어느 것이나 우아하고 푸근했습니다. 원숭이, 소, 산토끼, 사슴, 돼지, 호랑이, 코끼리, 물고기에 이르기까지 생생하게 묘사되어 있었습니다.

보로부두르의 윗부분 세 층은 둥근 제단으로, 맨 위층에는 지름 16미터에 이르는 거대한 종 모양의 스투파(불상을 안치하는 탑)가 세워져 있었습니다. 그 주위를 소형 스투파가 같은 간격으로 겹겹이 에워싸고 있었습니다.

이토록 거대한 건조물인데도 조금도 위압감이 들지 않는 것은 이 둥그스름한 스투파 때문이구나 하는 생각이 들었습니다.

나는 취한 듯이 보로부두르 안을 계속 헤매고 다녔습니다. 내 안에 있는 모든 것이 온화하게 묻혀 가는 것을 느꼈습니다.

* * *

이튿날, 나는 프람바난으로 떠났습니다. 목적지인 라라종그랑 사원은 보로부두르와는 반대 방향에 있습니다. 보로부두르가 불교 유적인데 반해 이 절은 힌두교의 유적으로 내게는 그것이 또 하나의 즐거움이었습니다.

보로부두르의 명성에 가려 라라종그랑 사원을 찾는 사람이 적다고 들었기 때문입니다.

차에서 내렸을 때 나는 조금 얼떨떨했습니다. 사람이 거의 보이지 않았습니다. 뜨거운 햇볕이 새하얀 길에 반사되어 주위는 한가롭기 그지없었습니다.

나는 잘못 찾아왔나 싶었습니다.

물어보니 여기가 라라종그랑 사원이 맞다고 했습니다. 보로부두르와는 자못 사정이 다르구나 생각하면서 사원에 한 발짝 들여놓는 순간, 나는 '앗!' 소리를 지르고 말았습니다.

작은 사당(신불을 모시는 작은 건물)이 허물어진 채 겹겹이 쌓여 있는 것입니다.

"폐허다!"

나는 무심코 외쳤습니다.

전체가 작은 산 같은 보로부두르와 달리 라라종그랑은 중앙에 세 사원이 치솟아 있고 그 앞에 세 개의 사당이 마주보고 있습니다. 이 주위를 둘러싸고 있는 무수한 작은 사당이 무참히 무너져 있는 것입니다. 그런데도 중앙에 치솟은 찬디 시바라 불리는 탑은 비할 데 없이 아름다웠습니다. 사방 30여 미터의 흙단으로 높이가 한 50미터쯤 될까요? 탑 전체가 활활 타오르고 있는 불꽃 같았고, 그 뾰족한 끝은 새파란 하늘을 날카롭게 찌르고 있었습니다.

폐허 같은 주위의 풍경이 이 탑의 아름다움을 한층 돋보이게 하는지도 모릅니다. '라라종그랑'이란 말은 '날씬한 소녀'라는 뜻이라고 합니다. 나는 인도네시아 사람의 엄청난 상상력에 감탄을 금치 못했습니다. 별안간 와─아 하는 소리가 들렸습니다.

탑 뒤에서 어린아이 몇 명이 달려왔습니다. 다들 맨발이고 개중에는 발가벗은 아이도 있습니다. 옷도 지저분하지만 아이들은 전혀 개의치 않고 천진난만하게 장난치고 있습니다. 그 중 하나와 눈이 마주쳐 내가 살짝 웃자, 아이는 하얀 이를 드러내며 웃음으로 대답해 주었습니다. 인도네시아

어린이들은 '눈이 참 예쁘구나' 하고 나는 같은 생각을 몇 번이나 다시 했습니다. 눈이 살아 있구나 생각하고 나서 문득 일본 어린이들을 떠올렸죠.

웃음소리가 들려오기에 찬디 시바 앞의 사당에 가 보니 시바 신이 타고 다니는 난디라는 황소(커다란 돌 조각상) 등에 어린이 몇 명이 올라타고 서로 떨어뜨리기를 하고 있었습니다. 아이들한테 걸리면 신도 별 수 없나 봅니다. 시바 신은 필시 쓴웃음을 짓고 있겠지요.

그런데도 나는 '부럽다'고 생각했습니다. 말하자면 세계적인 유적지를 이 아이들은 평소의 놀이터로 삼고 있는 거지요. 이처럼 사치스런 일은 없습니다.

나는 아이들과 헤어지고 무너진 사당을 하나하나 보며 걸었습니다. 완전히 부서져 버린 것은 어쩔 수 없지만 허물어지다 만 사당에서는 아직 선녀상 부조를 볼 수 있습니다.

하나같이 포동포동한 몸과 다정한 미소를 지니고 있었습니다. 그런데도 어딘가 먼 곳을 보고 있는 듯한 눈길이 있으니 역시 신은 신이었습니다.

사진을 찍고 있는데 느닷없이 돌 너머로 아이 얼굴이 엿보였습니다. 열두어 살쯤으로 보였으니까 소년이라고 하는 편이 좋겠지요.

내가 깜짝 놀라자 소년은 생긋 웃고는 재빨리 얼굴을 감췄습니다. 붙임성 있는 얼굴이구나 생각하면서 다음 사당의 부조를 보고 있는데, 다시 소년의 얼굴이 불쑥 나타났습니다.

"응?"

내가 웃는 얼굴로 묻자, 소년은 부끄러운 듯이 웃으며 다시 얼굴을 감춰 버렸습니다. 푸르스름한 흰자위의 커다란 눈이 인상적이었습니다. 어둠 속에서 팔랑팔랑 날던 그 눈과 똑같다는 생각이 들었습니다.

다음 사당에서도 얼굴을 내밀겠지 싶었는데, 아니나 다를까 소년의 웃는 얼굴이 쏙 나타났습니다.

"후후후……."

나는 웃고 말았습니다. 소년은 놀이를 하고 있는 것입니다. 나를 놀이에 꾀고 있는 거죠.

"좋아, 좋아."

나는 일본어로 그렇게 말했습니다. 부서지다 만 사당은 얼마든지 있습니다. 숨바꼭질에는 안성맞춤이죠.

다음에 얼굴을 내밀었을 때 소년은 카메라를 들고 있었습니다. 나는 순간 깜짝 놀랐지만 이내 이해했습니다. 소년과나 사이의 거리가 3미터 정도였기 때문에 그 카메라가 장난 감이라는 사실을 곧 알 수 있었지요.

소년은 그 카메라로 나를 찍었습니다.

곤란한걸 하고 나는 생각했습니다. 내 카메라는 진짜니까요. 진짜로는 가짜와 놀이를 할 수 없습니다.

나도 찍는 시늉을 해야지. 나는 순간적으로 그렇게 생각했습니다.

나는 셔터를 누르는 대신, "찰칵." 하고 소리를 냈습니다. 소년도 내 흉내를 내며 "찰칵." 하고 말했습니다.

발음이 이상했지만 그야 어쩔 수 없지요.

나와 소년의 눈이 마주쳤습니다. 소년은 이를 드러내며, 나는 입 꼬리를 올리며 진심으로 웃음을 나눴습니다.

사진을 몇 장이나 찍었습니다. 몇 장이나, 몇 장이나.

참으로 즐거운 시간이었습니다. 둘은 어느덧 형제였습니다. 이야기를 나눌 수도 없는데 마치 옛날부터 이야기를 나눠 온 친구 같았습니다.

몇 장인지 모르는 사진을 다 찍고 소년이 모습을 나타냈을 때, 우리는 조금도 망설이지 않고 힘차게 악수를 했습니다.

소년은 내게 자기 카메라를 보여 주었습니다.

일본에서는 여섯 살짜리 어린이라도 거들떠보지 않을 듯한 형편없는 플라스틱 장난감이었습니다. 영어로 메이드 인 저팬이라고 쓰여 있더군요.

소년은 손짓을 곁들여 가며 뭔가 말했습니다. 아무래도 필름을 넣어 달라고 이야기하는 것 같았습니다. 필름을 넣고, 그러고 나서 또 놀자는 거겠지요.

어떻게 할까. 나는 입술을 깨물었습니다.

필름을 넣고 찍든 넣지 않고 찍든, 소년의 마음에 적잖은 실망과 상처를 안겨 주겠지요. 카메라를 준 일본인이 너무나도 얄미웠습니다.

나는 다시 한 번 사진 찍는 시늉을 했습니다.

"찰칵."

소년이 따라하도록 사진 찍는 시늉을 했습니다.

"찰칵."

어떻게든 놀이를 계속해야 합니다. 나는 다시 사당의 그늘에 숨었습니다. 서둘러 카메라 뚜껑을 열었습니다. 빛이 들어간 필름을 빼자마자 얼른 주머니에 쑤셔 넣었습니다.

소년의 웃는 얼굴이 돌 그늘에서 엿보고 있습니다.

"찰칵."

소년의 눈이 웃었습니다. 커다란 하얀 눈이 나를 보고 웃었습니다.

"찰칵."

나는 필름이 들어 있지 않은 카메라로 사진 찍는 자세를 취하고 소년을 향해 셔터를 눌렀습니다. 소년의 눈이 확실히 찍히도록, 소년의 아름다운 눈에 초점을 맞추고.

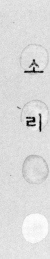

소

리

그 여선생님은 몹시 흥분해서 눈에 핏발이 서 있었다. 완전히 이성을 잃은 모습에 주위 사람들의 분위기가 어색해졌다.

"이럴 바에야 그만두겠어요."

내 바로 앞자리의 여선생님은 떨리는 목소리로 그렇게 말하고 금세 울먹거렸다. 나는 그 여선생님을 차마 똑바로 바라볼 수가 없어서 고개를 떨어뜨렸다.

"태교란 것도 있잖아요. 누구나 자신이 소중한 거라고요."

여선생님은 흐느껴 울기 시작했다. 마흔여섯 명이 앉아

있는 교무실이 쥐죽은 듯 조용해졌다.

"인간은 화가 나면 솔직해지는 법이죠."

옆자리에서 답안지를 채점하고 있던 선생님이 나지막이 소곤거렸다.

"해마다 이 모양이에요. 지긋지긋해."

어색한 침묵이 견디기 힘든지, 자꾸만 말을 건다.

교직원 회의는 계속되었다.

"나는 하나타 선생이 임신했다는 사실을 몰랐습니다."

교장 선생님은 손수건을 꺼내 땀도 나지 않는 이마를 닦았다. 적이 당황한 눈치였다.

"특수반 담임은 일 년마다 바뀌게 되어 있어요. 하지만 이렇게 해마다 옥신각신이에요."

다시 거북한 침묵이 흐르자, 옆자리의 선생님이 채점하던 손을 멈추고 말을 걸었다. 심지가 약해 보이는 남자였다.

방관자적인 태도가 비위에 거슬렸다. 그래서 나는 약간 반감을 담아 비꼬는 투로 물었다.

"선생님은 어때요?"

"나? 난 벌써 끝났어요."

"끝나다니요?"

나는 어이가 없었다.

"차례 말예요. 저런 건……."

"……."

나는 도저히 납득할 수 없었다.

점점 화가 났다. 잘못된 일에 화가 난다기보다 뜻도 없이 울부짖는 사람을 보는 듯한 조바심 때문이었다.

"정 그러시다면……."

나는 일어섰다.

다들 일제히 나를 쳐다보았다. 심장의 고동 소리가 커지고 불쾌감이 몰려왔다. 나는 순간 후회했지만, 이제 와서 뒤로 뺄 수도 없어 어쩔 수 없이 이렇게 말했다.

"정 그러시다면, 제가 맡도록 하죠."

'짝짝짝' 박수 소리가 일었다. 나는 아주 난처한 입장에 놓인 기분이었다. 마치 껄렁하고 파렴치한 사람들이 드나드는 변두리 영화관에 와 있는 듯한 느낌이다. 이거 골치 아픈 학교에 왔구나 싶었다.

* * *

아이들은 모두 일곱 명이었다.

2학년에서 6학년까지 한 교실에서 얌전하게 나를 기다리고 있었다.

"다들 얌전한데?"

나는 아이들에게 말했다.

"그러지 않아도 돼. 무슨 짓을 해도 야단치지 않아."

나는 억지로 명랑하게 말했다.

아이들은 아무 말이 없었다. 감정이 없는 눈으로 나를 바라보고 있다. 그렇게 밖에 생각할 수 없었다.

나는 당황해서 아이들 속으로 들어갔다. 아이들의 머리를 쓰다듬으며 농담을 하고 돌아다녔다. 그러나 웃는 아이는 하나도 없었다. 내게는 아이들이 하얀 벽처럼 보였다.

'태교란 것도 있잖아요.'

언뜻 그렇게 말한 여선생님이 떠올랐다.

　　　　　　　　　　* * *

　실제로 그 아이들은 그냥 학교에 올 뿐이었다. 그럭저럭 글씨랍시고 쓰는 아이도 있었지만 정확하게 제 이름을 쓸 줄 아는 아이는 하나도 없었고 글도 전혀 읽을 줄 몰랐다.

　도화지를 앞에 놓아 주고 크레파스를 쥐어 주어도 아무 소용이 없었다.

　쉬는 시간에도 마찬가지였다. 손을 주머니에 넣거나 팔을 축 늘어뜨린 채 순한 불상처럼 그저 운동장 구석에 서 있기만 했다.

　다람쥐처럼 까불거리며 돌아다니던 장난꾸러기 사내아이가 이따금 이 야릇한 집단에게 말을 걸었다.

　"야! 바보들아."

　물론 아무도 반응을 보이지 않는다.

　이 아이들은 숨 쉬는 것 말고는 아무 것도 하는 게 없어. 우리 교실엔 사람이 하나도 없는 거야……. 그때 나는 그렇게 생각했다.

　어느 날, 그때 그 여선생님이 나를 불러 세웠다. 여선생님은 네모난 종이 꾸러미를 들고 있었다.

"그게 뭡니까?"

나는 무뚝뚝하게 물었다.

"선생님, 정말 죄송해요."

그 여선생님은 상냥하기 그지없는 목소리로 말했다. 나는 네댓새 전의 여선생님 표정이 떠올랐다.

"답례라고 하긴 뭣하지만……."

그렇게 말하며 여선생님은 상자 꾸러미를 내밀었다.

교실에 들어가 포장지를 뜯어보니까 호두와 딸기가 든 케이크가 예쁘게 놓여 있었다.

나는 아이들에게 말했다.

"다들, 이리 와."

아이들은 쭈뼛쭈뼛 앞으로 다가왔다.

"자, 이거 먹어."

멍하니 케이크를 바라보고 있는 아이들에게 내가 말했다. 나는 아이들 손에 케이크를 하나씩 얹어 주었다. 아이들은 온 얼굴에 잼을 묻히며 먹기 시작했다.

나는 조금씩 유쾌해졌다. 그리곤 내심 우쭐해져서 말했다.

"너희를 배신한 선생님이 주신 선물이다. 몽땅 먹어 치우자구."

* * *

아이들은 빈손으로 학교에 다녔다.

나는 집짓기 놀이 장난감이나 그림책을 교재로 수업안을 짜 갔다.

어느 날, 나는 칠판에 갖가지 색종이를 붙여 놓고 아이들에게 말했다.

"사과 색깔과 똑같은 건 어느 걸까? 아는 사람은 가지러 와요. 맞추면 색종이를 줄게."

세 아이가 나왔다. 그 아이들은 경쟁 같은 건 하지 않았다.

한 아이가 색종이를 집자, 나머지 두 아이는 그 자리에 멍청히 서 있었다.

나는 두 아이의 머리를 쓰다듬어 주고 제자리로 돌려보내고는 똑같은 말을 되풀이했다.

"석탄 색깔은 어떤 걸까?"

아무도 일어나 나오지 않았다.

"좀 어려운가?"

내가 말했다. 아니, 내 말이 끝나기 전에 앞쪽에 있던 아이가 일어나 검은 색종이를 움켜쥐었다.

"음, 잘했다. 다케시."

나는 다케시의 머리를 쓰다듬어 주었다.

다케시는 잠시 머리를 들어 나를 쳐다보았지만 금방 고개를 숙이고 무표정하게 제자리로 돌아갔다.

다케시는 이 반에서 가장 어리다. 처음에 나는 이것이 우연이라고 생각했다. 그러나 그게 아니라는 것을 금세 알게 되었다.

"그 애, 참 불쌍한 애예요, 선생님."

다케시의 전 담임인 젊은 여선생님이 내게 말했다.

"1학년 중간쯤에 후쿠오카에서 전학 왔는데, 친아버지는 갱도가 무너져 돌아가셨어요. 지금 아버지는 의붓아버진데, 별로 사랑을 못 받나 봐요."

"아……."

나지막한 탄성이 새어 나왔다. 그래서 석탄 색깔을 기억하고 있었던 것이다.

"걸핏하면 가출을 한대요."

"누가요?"

"다케시의 부모님이오."

"네?"

나는 다시 낮게 소리를 질렀다. 무슨 말인지 잘 이해할
수 없었다.

나는 그 이야기를 듣고 부랴부랴 가정 방문을 했다.

다케시네 집을 찾아갔을 때 할머니만 계셨다. 넌지시 집안
사정을 물어볼 참이었는데 할머니께서 다케시 부모님 욕을 마
구 해댔다.

자기 딸이 칠칠치 못해서 깡패 같은 사내한테 걸려들었
다는 것, 아이가 생겨 헤어지지도 못한다는 것, 다케시를
고아원에 넣으려 한다는 얘기 따위를 침을 튀기면서 늘어
놓았다.

다케시는 남겨 온 급식빵을 간식대신 먹고 있었다. 나는
그것을 보면서,

"너희한테서 하소연할 목소리를 빼앗아 간 하느님은 현
명하구나."

빈정대는 투로 중얼거렸다.

＊　＊　＊

다음날, 나는 교실에 녹음기를 들고 갔다.

"노리오, 고양이는 어떻게 울지?"

비교적 심신 장애가 가벼운 노리오에게 물었다. 노리오는 두세 번 몸을 흔들었지만 결국 아무 말도 하지 않았다.

"할 수 없군."

나는 작은 소리로 말하고 테이프를 돌리며 '야옹야옹' 하고 고양이 소리를 냈다.

"이번에는 개다."

동물의 울음소리를 여러 번 녹음한 테이프를 틀었다. 작은 기계에서 소리가 나기 시작하자, 아이들은 차츰차츰 내 곁으로 다가왔다.

"고 양 이 야."

노리오가 느릿느릿 말했다.

"고·양·이·야."

역시 심신 장애가 덜한 도요미가 말했다.

나는 마음이 놓여 큰소리로 말했다.

"다들 같이 울어 봐요."

나는 '야옹야옹' 울면서 마룻바닥을 기어 다녔다. 6학년인 마코토가 맨 먼저 내 흉내를 냈다. 하는 수 없다는 듯이 노리오, 다츠오, 히사코……가 가세했다.

아무도 웃지 않고 빙빙 기어 다녔다. 그러나 울음소리를 내는 아이는 노리오와 도요미와 마사코뿐이었다.

나는 어떤 일을 꾸미고 있었다. 그러나 그것은 보기 좋게 실패한 것이다.

* * *

일주일 뒤, 나는 교감 선생님을 찾아갔다.

"한 시간만 아이들을 위해 운동장을 비워 주십시오."

"그러려면 체육 시간을 몽땅 다시 짜야 하는데요."

안경을 치켜 올려 시간표를 바라보던 교감 선생님은 이윽고 조용조용 말했다.

"좋습니다. 다른 선생님들한테는 내가 말을 해 두죠."

나는 교감 선생님이 은근히 고마웠다.

2주일 뒤에야 겨우 운동장을 빌릴 수 있었다.

아이들은 넓은 운동장 한가운데로 나왔다. 아이들은 한동안 두리번거렸다. 그러나 이윽고 주뼛주뼛 바닥에 주저앉고 말았다.

"뭘 하고 있는 거야!"

나는 화가 나서 고함을 질렀다. 잠시 숨을 고르고 나는 아이들을 격려하듯 말했다.

"자, 정글 놀이를 하는 거야."

나는 그때까지 노리오, 도요미와 마코토에게 사자와 원숭이 소리, 총 소리, 그리고 사냥꾼의 외침 소리를 가르치고 있었다. 교실에서는 떠들썩하지는 않아도 약간 얼빠진 듯하지만 정글 놀이를 제대로 할 수 있었다.

"탕탕―!"

내가 날카롭게 소리쳤다. 평소 같으면 그것을 신호로 곧장 노리오와 마코토가,

"우오―, 우오―."

하면서 놀이를 시작한다.

하지만 아이들은 완전히 쪼그라들어 서로 감싸 안듯이 웅크리고 있었다. 그리고 불안스레 내 얼굴을 바라보았다.

나는 맥이 탁 풀려 말했다.

"왜들 그러니?"

내가 모래밭에 와서 앉자, 다들 졸졸 따라와 내 주변에 앉았다. 아이들도 다들 풀이 죽어 있는 것 같았다.

"선생님은 활발한 아이를 좋아한단다. 마구 뛰어다니는

애가 좋아요."

　그러는 사이에 나는 내 자신이 자꾸 한심해졌다. 나는 똑같은 자세로 꼼짝 않고 한참을 앉아 있었다.

　내 얼굴을 물끄러미 바라보는 아이가 있는가 하면, 꼼지락거리며 모래를 만지는 아이도 있고 멍하니 앉아 있는 아이도 있었다.

　문득 다케시가 열심히 모래 굴을 파고 있는 것이 보였다.

　"굴을 파고 있니, 다케시?"

　다케시가 내 쪽을 흘깃 돌아보았다.

　"재밌겠는데. 다들 다케시처럼 굴을 파 볼까?"

　나는 기분을 바꿔 보려고 말했다. 굴 파기는 곧바로 시작되었다. 눈 깜짝할 사이에 아무 의미도 목적도 없는 굴이 수없이 생겼다.

　나는 적이 놀랐다. 아이들이 이제껏 굴을 팔 때와 같은 끈기를 보인 적이 없기 때문이다.

　"누구 굴이 가장 크지? 다케시 걸까?"

　다케시가 판 굴이 눈에 띄게 컸다. 나는 언뜻 광부였던 다케시의 아버지 생각이 났다.

　"다케시!"

내가 말했다.

"너희 아버지는 굴 속에 잠들어 계셔."

나는 다케시가 알아들을 리 없는 말을 했다.

다들 굴 파기 놀이를 하고 있는 줄 알았는데, 일곱 가운데 가장 장애가 심한 마사코가 모래밭에서 약간 떨어진 곳에 있었다.

"마사코, 거기서 뭐 하니?"

나는 그렇게 말을 걸고 마사코에게 다가갔다.

마사코는 땅바닥을 물끄러미 바라보고 있었다.

"무슨 일이니?", "왜 그래?" 하고 말을 걸었다가, 나는 입을 다물었다.

마사코 앞에 자벌레 한 마리가 있었다. 몸을 구부리고 열심히 앞으로 나아가고 있었다. 마사코는 그것을 물끄러미 바라보고 있었던 것이다. 마사코의 얼굴은 자벌레의 움직임을 쫓아 미세하게 아래위로 움직였다.

마사코의 발밑을 보고 나는 깜짝 놀랐다. 모래밭에서 거기까지 선이 하나 주—욱 그어져 있었다. 그것은 무릎을 질질 끌며 자벌레 뒤를 따라간 마사코의 흔적이었다.

무표정하고 아무것도 할 줄 모르던 마사코는 어디로 간

것일까?

나는 마사코의 얼굴을 응시했다. 그런 생각 탓인지 마사코의 눈이 빛나 보였다. 얼굴이 움직인다. 조금씩, 아주 조금씩 입술이 움직인다.

'마사코는 자벌레와 이야기를 나누고 있는 거야.'

나는 그렇게 생각했다.

아이들이 굴 파기에 보인 열의와 마사코의 집착은 대체 무엇일까?

아이들은 내가 무언가를 가르치려 했을 때와는 전혀 다른 반응을 보였다.

나는 처음으로 선생인 나 자신에게 불안을 느꼈다.

* * *

아이들은 여전히 웃는 얼굴을 보이지 않았다. 떠들고 있는 사람은 여전히 나뿐이었다.

아침에 내가 등교하면 아이들은 교문에서 나를 기다렸다가 교무실까지 졸졸 따라왔다. 종일 어디를 가든 내 뒤를 쫓아다니는 것이다.

"달갑잖은 애정이랄까요?"

옆자리의 선생이 그렇게 말하며 웃었다.

아이들 나름대로는 같이 있는 것만으로 내게 애정을 표시하고 있는 거라고 나는 생각하게 되었다.

나는 되도록이면 아이들에게 무엇을 가르치려는 의식을 하지 않으려고 애썼다. 그보다는 차라리 10분, 20분이라도 더 아이들과 함께 하자고 생각하게 되었다.

약간 무더운 계절이 되어, 우리는 세탁소 놀이를 하기 시작했다.

체육 수업을 마친 선생님의 체육복을 거두어 와서 세탁기 속에 집어넣는 것이다. 아이들은 엉덩이를 쳐들고 들여다보다가, 시간이 되면 탈수기를 빙빙 돌렸다. 빨래가 깨끗이 마르면 비록 말은 못하지만 주인에게 갖다 주는 일도 할 수 있었다.

히사코는 몸이 약했다. 다리 관절이 약한지 걸을 때 바람처럼 흔들거렸다.

손수건 같은 빨래가 바람에 날아가면 웃음소리를 내며 주우려고 하지만, 손수건도 히사코도 바람에 휘청휘청했다. 나는 그런 히사코가 귀여웠다.

떨어진 빨래를 주워서 나한테 건네주는 깜찍한 취미가 어느 날 작은 사건을 일으켰고, 그 사건은 내 마음을 크게 뒤흔들었다.

빨래를 쫓아가던 히사코가 넘어졌다. 학교 건물 옆 도랑에 발이 빠져서 그만 콘크리트 모서리에 얼굴을 박은 것이다.

뇌출혈을 일으켜 얼굴이 부었다.

"괜찮아, 괜찮아."

우는 히사코를 안고 양호실에 데리고 갔다. 응급 처치를 받고 일단 침대에 뉘어 쉬게 했다.

급식 시간이 가까워졌기 때문에 아이들에게 급식을 준 다음 히사코를 병원에 데려갈 생각이었다.

급식을 마치고 의사에게 전화를 건 뒤 히사코를 데리러 양호실에 갔다.

마사코가 있었다.

"아―우, 어―어―."

히사코가 말을 하고 있었다.

말을 하고 있다. 순간적으로 왜 그런 생각을 한 걸까? 둘 다 언어 장애가 있었기 때문에, 일반적인 의미의 대화는 이루어질 수 없었다.

그러나 둘은 이야기를 나누고 있었다. 마사코가 끙끙거린다. 히사코가 낮은 소리로 외친다. 둘은 신음하듯 말하고 있었다. 목소리가 따뜻하고 상냥하게 서로를 감싸 안고 있었다.

나는 멍하니 둘을 바라보았다.

둘의 대화를 억지로 글로 쓴다면 "아ㅡ" 또는 "우ㅡ" 또는 "오ㅡ"라고밖에 표현할 수 없었다.

그렇지만 얼마나 감정이 깃든 목소리인가!

마사코는 히사코의 병문안을 온 것이다.

"아프니?"

"조금."

"병원에 갈 거니?"

"응."

아마 이런 말들을 하고 있으리라. 이렇게 말로 해 버리면 별다른 감정은 실리지 않는다.

이 아이들은 우리와 전혀 다른 세계를 갖고 있다.

나는 둘의 대화에 큰 충격을 받았다.

나는 무엇이었던가? 이 아이들을 새하얀 벽이라 생각했

던 나는 무엇이었던가?

충격은 거기서 끝나지 않았다.

* * *

다케시가 학교를 결석했다. 이튿날도 오지 않았다.

그날은 작은 태풍이 불어 닥쳤다.

나는 다케시네 집을 찾아갔다. 거센 바람이 난폭하게 문을 두드리고 있었다. 나는 불길한 생각에 휩싸여 황급히 뛰어 들어갔다.

방 안은 어두컴컴했고 아무도 없는 것 같았다. 여기저기 틈새에서 찬바람이 새어 들고 있었다. 나는 왠지 소름이 쫙 끼쳤다.

"다케시!"

구석 쪽에서 검은 것이 들썩 움직였다.

"다케시, 다케시니?"

합판을 박아서 만든 창문을 열자, 다케시가 죽은 듯이 뻗어 있는 것이 보였다.

"어떻게 된 거니, 다케시!"

다케시는 흰자위를 치뜨고 힘없이 나를 쳐다보았다.

"할머니는!"

다케시는 느릿느릿 고개를 저었다. 나는 다케시를 그곳에 두고 사정을 물어 보러 옆집에 갔다.

옆집 할머니가 속옷 바람으로 나와서,

"또야?"

하고 말했다.

"다케시네 할머니가 계실 줄 알았습니다만……."

"아아……."

그 할머니는 말했다.

"아들네가 복지 사무소에서 나온 돈을 들고 날랐다우. 어디로 갔는지 못 찾으면 할멈도 굶을 판이니, 그 잡놈의 부부를 찾으러 다니고 있는 게 틀림없수."

나는 한숨을 쉬었다.

나는 편지를 써 두고, 배가 고파 움직이지도 못하는 다케시를 업고 집으로 돌아왔다.

우유를 데워서 먹였더니 금세 기운을 차렸다.

나는 다케시를 목욕시켜려다 문득 알아차렸다.

"다케시. 오른손에 쥐고 있는 게 뭐니?"

다케시가 쥐고 있는 것은 빨간 모형 자동차였다.

나는 살며시 미소를 지었다. 나는 다케시를 위로하듯이 말했다.

"그래, 다케시는 자동차를 좋아하는구나. 크면 운전수가 될 거니?"

다케시는 욕탕 안에서도 모형 장난감을 손에서 놓지 않았다.

다케시의 등과 배에 온통 부스럼이 나 있었다. 대나무처럼 가는 팔과 다리, 머리가 유난히 커 보이는 것은 순전히 영양실조 때문이었다.

다케시는 덮밥과 라면 두 그릇을 먹었다. 그리고 돼지고기 구이를 손으로 움켜쥐고 먹었다.

"다케시, 배부르면 먼저 자도 괜찮아."

나는 그때 전시회에 낼 그림을 그리고 있었다.

다케시는 자지 않고 계속 그림을 바라보았다. 내가 잠을 깨려고 씹고 있던 레몬을 다케시도 씹었다. '후—후—' 다케시는 크게 숨을 내쉬고는 보일 듯 말 듯 웃는 듯했다.

빨간 모형 자동차에 어떤 마음이 담겨 있는지 알게 된 것은 그로부터 얼마 지나지 않아서였다.

10시께 할머니가 다케시를 데리러 왔다.

"찾으셨습니까?"

내가 물었다.

할머니는 대답 대신 다케시 부모님을 욕했다. 가진 돈이 다 떨어지면 다시 돌아올 거라는 말도 했다.

할머니가 잠든 다케시를 안아 올렸을 때, 다케시의 손에서 빨간 자동차가 톡 떨어졌다.

"또, 이런 걸 사 가지곤……."

할머니가 말했다.

"계속 소중하게 쥐고 있었습니다."

내가 말했다.

점심값 대신 쥐어 준 백 엔으로 산 거라고 할머니가 말했다.

이 아이는 부모가 집을 나가면 자동차를 사서 잘 알아들을 수 없는 말로 '아가야, 아가야.' 하고 부른다는 것이다.

"집을 나간 에미 애비가 빨리 돌아오도록 주문을 외는 건지……."

할머니는 지나가는 말로 중얼거렸다.

* * *

생각지도 않은 것이 이 아이들 속에 간직되어 있다는 사실을 깨닫기 시작할 무렵, 가슴 아픈 사건이 생겼다.

마사코가 절의 주지한테 맞고 넘어져 오른발에 가벼운 상처를 입었다.

나는 화가 머리끝까지 났다.

마사코를 데리고 절에 갔다. 사죄를 받을 셈이었다. 상대가 어떻게 나오느냐에 따라 고소라도 할 작정이었다.

주지는 아이가 본당에 기어 들어갔다고 했다. 이런 아이한테 국보로 지정된 불상이 안치되어 있다고 말해 봤자 이해하지 못한다는 거였다.

그게 어쨌다는 겁니까? 그게 아이를 때린 이유입니까? 하고 말다툼을 하고 있는 사이에, 나는 뭔가 중요한 사실을 잊고 있다는 생각이 들었다.

설령 주지가 잘못을 인정하고 사죄를 한다 해도 그것이 마사코를 구원할 수 있단 말인가?

나는 자벌레와 대화를 나누던 마사코를 생각했다. 히사코를 문병하고 온 몸으로 이야기를 나누던 마사코를 생각했다.

마사코는 불상과 이야기를 하려 했던 것이다. 그 사실을 이 주지에게 이해시키지 못한다면 아무런 의미가 없다. 그러나…….

바로 얼마 전까지 나 자신도 이 아이들을 이해하지 못했다. 아니, 지금도 확실히 이해하고 있다고는 할 수 없다. 그렇다면 나도 이 주지와 똑같지 않은가?

갑자기 나는 몸에 힘이 빠졌다.

돌아오는 길 내내 나는 마사코의 어깨를 꽉 안고 걸었다.

"마사코는 부처님이랑 이야기하려고 그랬지."

내 가슴에서 뜨거운 것이 북받쳐 올랐다.

* * *

가을 소풍은 비 때문에 이틀 미루어졌다.

우리 반은 저학년과 함께 가게 되었다. 결석은 없었다.

무코 강 상류에서 도시락을 먹었다.

다케시의 도시락이 변변찮아 마음에 걸렸다. 다케시의 도시락은 자동 판매기에서 산 주먹밥이었다. 투명한 용기에 포장되어 있는 바로 그것이었다.

젓가락을 대자, 금세 모양이 흐트러졌다. 다케시는 손으로 집어 먹고 있었다.

점심시간이 끝나자 호루라기 소리가 났다.

학생들을 모아 놓고 학년 주임 선생님이 주의 사항을 일러 주었다.

"이 강은 평소에는 물도 적고 물살도 약하지만 이틀 동안 비가 왔기 때문에 물이 불어 있습니다. 물살도 빨라졌어요. 단단히 주의해 주세요. 무릎보다 깊은 곳에는 들어가면 안 됩니다."

'강가의 돌'이라는 단원을 공부하기 위해 신기한 돌 채집을 하려는 것이었다.

아이들은 운동화를 벗고 저마다 들고 온 샌들로 갈아 신기 시작했다.

우리 반은 거기에 따를 필요는 없었지만, 강에 들어갈 수 있다면 들여보내고 싶었기 때문에 가정 통신란에다 샌들을 준비해 보내라고 써 놓았었다.

다케시가 걱정되었다. 그런 게 있을 리가 없을 것 같았다. '한 켤레 사올 걸 그랬나.' 하고 나는 생각했다. 그러면서 다케시를 바라보았다. 다케시는 하늘색 샌들을 가슴에 꼭

껴안고 있었다.

나는 안심했다.

"다케시, 좋겠구나."

샌들에는 검은 매직으로 야마무라 다케시라고 커다랗게 쓰여 있었다.

"먀―."

다케시는 새가 우는 듯한 소리를 냈다.

"그래? 엄마가 사 주셨니? 좋겠구나."

'먀'란 엄마라는 말이다.

"먀."

"그래, 그래."

"먀."

"응, 그래."

무슨 이유인지, 다케시는 같은 말을 세 번 되풀이할 때가 많았다.

맞장구를 쳐 주면 그제야 마음이 놓인 표정을 지었다.

물에 들어가도 좋다는 호루라기 소리가 들렸다.

아이들은 크게 환성을 질렀다.

다케시도, 마코토도, 다츠오도, 노리오도 강 속으로 걸어 들어갔다. 마사코도, 도요미도. 다리가 약한 히사코만 기슭에 남았다.

나는 강 속에서 놀고 있는 아이들을 한동안 바라보고 있었다.

깊은 데 들어가는 기미도 없었다. 나는 안심하고 히사코와 놀았다.

시간이 조금 지났다.

문득 아이들의 소리가 커져서 강 쪽을 보았더니, 물이 허리까지 오는 곳에 다케시가 서 있었다.

나는 순간 무슨 일이 일어났는지 판단할 수 없었다.

"다케시!"

나는 물속으로 뛰어들려 했다.

"저 애, 떠내려 간 내 샌들을 건져 준댔어요."

한 1학년짜리 아이가 그렇게 말했다.

자세히 보니까, 강 중간에 커다란 바위가 있었다. 거기에 나뭇조각과 쓰레기에 섞여 빨간 샌들 하나가 걸려 있었다.

"다케시, 돌아와!"

내 말을 들었는지 못 들었는지, 다케시는 걸음을 멈추지 않았다.

위험하지는 않은 것 같았다. 댐은 20미터쯤 앞쪽에 있었다.

약간은 마음을 졸이며 보고 있었지만, 다케시가 바위에 걸린 빨간 샌들을 쥐었을 때 나는 아이들과 함께 박수를 치고 싶은 심정이었다.

"다케시, 천천히 돌아와야 한다. 발밑을 잘 확인하고, 미끄러지면 안 돼."

그 말이 채 끝나기도 전에 다케시의 몸이 크게 휘청거렸다.

"앗!"

나는 엉겁결에 물 속에 뛰어 들려 했다. 다케시는 몸을 다시 추슬렀다. 강바닥에 있는 돌에 걸렸지만 미끄러지지는 않은 모양이었다.

그러나 그 다음부터가 묘했다. 그때까지 한 발 한 발 꼼꼼히 짚어가듯 걷고 있던 다케시는 갑자기 무언가에 쫓기는 듯 첨벙첨벙 걸었다. 그런 탓에 한결 불안해져 몇 번이나 넘어질 뻔했다.

"다케시. 왜 그러니? 서두르면 안 돼."

그러나 다케시는 달렸다.

물이 무릎 언저리까지 차는 곳에 이르자 한결 더 빨리 달렸다.

"왜 그래, 다케시?"

기슭 근처까지 왔을 때, 다케시는 두 번 정도 넘어졌다.

다케시는 빨간 샌들을 나에게 쑥 내밀었다.

내가 그것을 받아들자, 다케시는 다시 강에 들어가려 했다.

"다케시!"

나는 보았다.

다케시의 발에 샌들이 없었다. 그 하늘색 샌들이 없는 것이다.

나는 황급히 주위를 둘러보았다.

강 멀리 저편에 하늘색 샌들이 둥둥 떠내려가고 있었다. 이제 몇 미터만 가면 댐이었다.

"다케시!"

나는 다케시를 붙잡았다. 다케시는 발버둥쳤다.

"다케시!"

말하는 것이 안타까웠다.

하늘색 샌들이 댐 아래로 떨어졌다.

"먀!"

다케시가 외쳤다.

"먀!"

다케시의 푸른 목소리.

"먀!"

다케시의 목소리가 하늘에 박혔다.

친

구

그 사건보다 이타미의 일이 마음에 걸려 공부에 조금도 신경을 쓸 수가 없었다.

공부 같은 건 눈곱만치도 하고 싶지 않지만, 내게는 숙제를 하지 않고 학교에 갈 용기가 없다.

나는 나라는 인간이 너무 싫다. 하지만 그런 말을 입에 올리거나 티를 내는 건 더 싫기 때문에, 결국 나는 학교에서도 집에서도 그냥저냥 착한 아이로 통하고 있다.

그저 그렇다는 것은 사실 아주 안 좋다고 생각한다. 언젠가 꽤 많은 사람들에게 상처를 줄 것 같아 걱정스럽다.

아무것도 쓰여 있지 않은 연습장을 보고 있자니, 왠지 초조해진다. 어쨌든 숙제만은 해치우자. 조그맣게 소리를 내어 문제를 읽는다.

"두 개의 주사위 A, B와 두 개 함수 가 있다. $f(x) = \frac{1}{2}x - 1$, $g(x) = \sqrt{x}$ 지금 두 개의 주사위를 동시에 던져 A 주사위에서 나온 수를 x값으로 하고, B 주사위에서 나온 수가 4 이하일 때 $f(x)$를 뽑아 함수값을 구하고, 4보다 클 때 $g(x)$를 뽑아 함수값을 구하기로 한다. 다음 각 질문에 답하라……."

어휴.

"A 주사위의 수가 6, B 주사위의 수가 3일 때 함수값을 구하라. 또 함수값이 정수가 될 경우의 확률을 구하라."

쳇. 이런 공부를 해서 뭐가 될까. 요런 생각을 조금이라도 하면 입시 경쟁에서 낙오된다고 꽤나 살벌한 말을 천연덕스럽게 내뱉는 선생님이 있다.

무슨 책에선가 읽은 적이 있는데, 가장 잔혹한 고문은 오른쪽에 있는 돌 몇 개를 왼쪽으로 옮기게 하고 다 끝나면 다시 왼쪽에 있는 돌을 오른쪽으로 옮기게 하는 것이란다. 그런 일을 끝도 없이 되풀이시키는 것. 입시 공부도 고등학교나 대학에 들어간다는 목적이 없으면 이 고문과 똑같으리라고 본다. 인간이 자기가 하고 있는 일에 의미를 갖고 있지 않을 때만큼 끔찍한 건 없는데…….

자, 확률 문제는 나중에 풀자. 다음은 도형.

한 공간 안에 있는 서로 다른 두 직선의 위치 관계를 모두 열거하라.

학교에서 가르쳐 준 대로 답을 적는다.
만난다, 평행, 어긋난다.

답을 쓰면서 '후후후' 하고 웃고 말았다.
연습장에 낙서를 한다.

한 공간 안에 있는 서로 다른 교사와 학생의 위치 관계.

답 : 평행, 어긋남.

공간 안의 서로 다른 부모와 자식의 위치 관계.

답 : 자식의 희생으로 약간 만나고, 평행, 어긋남도 물론
많다.

오늘 아빠가 말했다.

"애, 미나코. 내일 교토 경마 대회에서 누가 우승할지 내기
안 할래?"

아빠가 기분이 좋은가 보다.

아빠는 별로 경마를 좋아하지 않는다. 특별한 경주나 큰
경기가 있을 때만 식구들을 꼬드겨 마권을 산다. 가정 마작
의 연장 같은 거다.

"엠페로 에이스가 확실하지만, 무명의 메트로 점보가 재
밌겠는데."

하며 바람을 잡는 아빠.

아빠는 고등학교 선생님이다. 집안에 조금 불량스러운
일들을 갖고 들어오니 제법 괜찮은 아빠인 셈이다. 그런 점
이 귀엽게 느껴진다.

나는 경마 같은 데 별로 흥미는 없지만,

"여명이라는 이름이 끝내 주니까, 이거."

하든가 내 나이 숫자로,

"15로 할까?"

하면서 아무렇게나 말하면 아빠는,

"어디 어디."

하며 분위기를 띄우고, 엄마는

"미나코는 내기에 강하니까……."

하며 장단을 맞춘다.

단지 그것만으로 집안의 평화를 살 수 있으니까, 뭐 이 정도 위선이야 하느님도 용서해 주시겠지 생각한다. 나는 요렇게 되바라진 아이.

사실 난 그렇게 뜨뜻미지근한 평화를 싫어한다. 어쩐지 미적지근한 목욕물 속에 들어가 있는 것 같아 어중간하기 짝이 없다.

어른의 세계란 어딘지 속보인다. 이렇게 말하는 게 나쁘다면, 본질적으로 무책임한 데가 있는 것 같다고 고쳐 말해도 되지만…….

가령 우리 엄마는,

"아파트란 사람 살 곳이 못 돼. 우리야 5층이라 그나마 괜

찮은 편이지만, 12층에 사는 사람들은 정말 안됐어. 발이 땅
에 붙어 있지 않은 느낌은 정신을 불안정하게 하거든."
하고 아무렇지도 않은 얼굴로 말한다.

그럼 아파트에서 태어나서 아파트에서 자란 나나 남동생은
어떻게 되나? 그런 얘기는 무책임하다고 본다.

우리 엄마 아빠는 다른 엄마 아빠에 비해 비교적 이해심
이 많은 것 같지만, 진실된 것과 진실되지 않은 것이 어떤 건지
전혀 모르는 것 같다.

우리 집에는 가족회의라는 게 있어서 나나 남동생이 사전
에 결정된 생활 수칙을 조금이라도 어기면 철저하게 토론하
게 한다. 말이 좋아 토론이지, 엄마 아빠 의견에 일방적으
로 억눌리는 느낌.

"늦게 들어왔다고 뭐라 그러는 게 아니야. 어디에 있든
전화는 걸 수 있잖니. 한 번 토론해서 결정한 걸 두 번이나
어기는 네 불성실함이 문제야. 표면적인 걸 얘기하는 게 아
니라고. 그렇게 대충대충 하는 태도가 은연중에 너를 얄팍
한 사람으로 만들고 있으니까, 아빠가 뭐라 그러는 거야."

대충 이런 식인데, 그런 말에 일일이 반발할 속사정이 없
는 건 아니다. 나는 주눅들 뿐이다. 만날 주눅들기만 하는

세계는 견딜 수 없다.

친구들과 이야기에 빠져 1시간쯤 늦게 돌아온 것을 그런 식으로 얘기해 버리면, 도대체 아빠 마음에 드는 아이란 어떤 아이일까 싶다.

처음에는 그냥 야단맞을 작정으로 듣고만 있지만, 결심은 점점 무너지고 아빠가 훌륭한 말을 할수록 더 시시하게 들린다.

아빠는 노조 임원을 지낸 터라, 민주적인 규칙이라는 말이 마음에 들어서 가족회의도 민주적인 규칙에 따라 여는 모양이지만, 나는 이 토론 시간이 싫어서 견딜 수가 없다.

나는 평소에 엄마 아빠를 사랑하지만, 그건 이따금 엄마 아빠를 미워하거나 경멸해서 그런 것 같다. 그런 사실은 엄마 아빠도 모르는 눈치다.

가령 아빠와 엄마가 싸움을 한다. 심하게 싸울 때도 있고 섬뜩하게 싸울 때도 있다. 이유는 잘 모르겠지만 엄마의 얼굴 표정이 싹 바뀌어 버린 적이 있다. 소름끼치게 싫었다. 깔끔한 엄마가 야채 쓰레기통을 비우지 않아 구더기가 들끓었을 때는, 정말이지 구역질이 날 뻔했다. 그때는 신문 상담란 같은 데 자주 나오는 얘기처럼, 설령 아빠한테 엄마 말고 다른 여자가 생겨서 그랬다 하더라도 그런 이상한 행동을 하는 엄마는 용서할 수 없을 것 같았다.

하루 종일 엄마가 없었던 때가 있었다. 엄마는 그 날 늦게 돌아와서 허겁지겁 저녁 지을 준비를 하기 시작했다. 심부름을 갔다 오려고 엄마지갑에서 돈을 꺼내다가 안에 표 반쪽이 남아 있는 것을 보았다. 아와지 섬으로 가는 고속정 표임을 금방 알 수 있었다.

"엄마, 아와지 섬에 갔었어?"

그렇게 묻자 엄마는 적이 당황하며 횡설수설했다.

"아빠한테 말 안 했거든. 저기……."

그때 나는 엄마가 너무 불쌍했다.

이타미는 집에서 어떤 남자아이일까? 선생님한테 반항하는 것처럼 부모님한테도 반항하고 있을까?

내가 처음 이타미를 의식한 것은 새 반에 들어간 지 2주쯤 지난 국어 시간이었다.

요코야마라는 국어 선생님은 새로 온 여선생으로, 젊은 나이인데도 이상하게 끈적거리는 느낌.

세 번째 국어 시간에 부랴부랴 쪽지 시험을 보고는 점수 순서대로 답안지를 나눠 주고 반 전체를 교실에 빙 둘러 서게 한 데는 혀를 내두를 수밖에 없었다.

나는 앞에서 다섯 번째였다.

뒤쪽에 서야 했던 아이들은 얼굴이 빨개지거나 겸연쩍게 우스갯소리를 주고받았는데 정말 싫은 분위기였다.

앞쪽에 서 있는 나도 부끄러워서 어쩔 줄 몰랐다. 점수를 공개적으로 발표하는 선생님은 이 학교에도 수두룩하지만, 이렇게 심한 짓을 하는 선생님은 처음이다. 사람을 그런 식으로 거북하게 만들어 놓고 태연한 표정을 짓고 있는 요코야마 선생님을 나는 은근히 미워했다.

정말이지 대단한 비행 학생이 우리 반에도 있어서 이런 선생님을 무참하게 몰아붙이는 광경을 상상했을 정도다.

물론 이타미는 거기 있었지만, 아쉽게도 그때는 아무 말도 하지 않았다.

수업이 끝날 무렵, 요코야마 선생님은 자기 변명을 하듯 "공부는 근성이야." 하고 말했다.

되게 싫은 느낌. 나는 그때 직관적으로 이 선생님은 게으름뱅이라고 생각했다.

체육 선생님 중에서 학생들한테 구령만 붙이고 자기는 손가락 하나 까딱 않고 뻗들거리는 선생님이 있다. 그런 선생님일수록 지독하게 우리를 들볶는다.

아니나다를까, 요코야마 선생님은 숙제를 엄청나게 내주었다.

그 때문에 대수롭지 않은 사건이 일어났고, 그것이 계기가 되어 나는 이타미를 주목하게 된 것이다.

우리 반에서 숙제를 까먹고 오는 아이는 일고여덟 명.

숙제를 까먹고 온다고는 하지만 공부를 아예 못하기 때문에 하고 싶어도 어쩔 도리가 없는 아이도 있다. 물론 게을러서 안 하는 아이도 있고, 이타미처럼 의도적으로 숙제는 절대 하지 않는 아이도 있다.

숙제를 까먹고 온 아이를 일으켜 세워 놓고는 반의 4분의 1이나 숙제를 하지 않는 게 대체 무슨 심보냐고 전체의 책임으로 돌리는 선생님도 있다. 딴은 화가 나시겠지.

숙제란, 시킨 쪽은 홀가분하고 하는 쪽은 지옥이라는 사실을 가장 잘 알고 있는 게 학교 선생님이 아닐까 싶다.

우리 눈에 시시한 선생님일수록 숙제를 많이 내고, 무슨 일로 미움을 받으면 편집광적으로 숙제를 내서 학생들의 반응을 고소하게 즐기는 듯한 선생님도 있다.

공부 못하는 아이를 잘할 수 있게 하려면 그만큼의 고생이 따르는 게 아닐까? 그런데 고생을 우리한테 몽땅 떠넘기니 분통 터질 노릇이다.

재미없는 수업을 1시간만 받아도 여간 고통스러운 게 아니다. 그러니 공부를 아예 못하는 아이가 대여섯 시간이나 멀뚱히 책상 앞에 앉아 있자면 얼마나 괴로울까. 게다가 그런 아이일수록 선생님한테 야단맞거나 창피를 당하곤 한다. 성격적으로 냉혹한 사람이 선생님이 되는 게 아닐까 생각했을 정도다.

맨 앞에서 말했던 사건이란 다음 일이 발단이 되었다.

나라가 요코야마 선생님한테 지목을 당했다. 나라는 숙제를 전혀 안 해 오는 아이다.

요코야마 선생님이 말했다.

"넌 속도 없구나. 고등학교에 가긴 갈 거니?"

나라는 전에 나와 같은 반이었기 때문에 잘 아는데, 공부를 못해서 늘 흠칫거리는 남자아이였다. 나는 나라가 야단맞으면 언제나 내가 야단맞는 것처럼 고개를 숙이곤 했다.

"넌 정말 속도 없어."

하고 요코하마 선생님은 같은 말을 두 번이나 했다. 그러고

나서 잘 보고 있지 않으면 눈치 채지 못할 정도로 아주 살짝 입을 비죽거리고는 말했다.

"속도 없다는 말의 뜻도 모르는 거 아냐?"

나는 소름이 쫙 끼쳤다.

"속도 없다는 건 무슨 뜻이지? 나라 네가 얘기해 봐."

내가 남자라면 이런 여자하고 절대로 결혼하지 않겠다.

"나라, 속도 없다는 게 뭐야? 말해 봐!"

요코야마 선생님은 나라를 괴롭히며 즐기고 있는 것 같았다. 나라는 꼼짝도 않고 고개를 수그리고 있었다.

"자, 나라야. 속도 없다는 건 어떤……."

그때였다. 뒤쪽에서 큰 소리가 들렸다.

"속도위반입니다."

순간 다들 어안이 벙벙했으나, 뒤따라 폭소가 터졌다.

한동안 웃음소리가 그치지 않았다.

요코야마 선생님은 새파랗게 질린 얼굴로,

"지금 말한 게 누구야?"

하고 험악하게 말했다.

"접니다."

이타미가 일어섰다.

'아니야!'

나는 속으로 짐작했다. 이타미가 아닌 다른 아이가 말했을 텐데.

그러나 요코야마 선생님은 눈치채지 못한 것 같았다. 둔감한 사람.

"그래, 너였어?"

요코야마 선생님은 난데없이 차가운 목소리로 말했다. 그러고 나서 멀리서 빤히 보면서 말했다.

"네가 바로 이타미로군."

그때는 그걸로 끝났다. 나는 납득이 되지 않았다.

나라한테는 그렇게 못 살게 굴어 놓고 이타미한테는 '네가 바로 이타미로군.' 이라니, 너무 불공평하지 않은가.

게다가 이타미는 왜 "속도위반입니다."라고 말한 아이 대신 일어났을까.

나는 이타미에게 직접 물어볼 용기가 없어서, 근처에 있던 히로코한테 물어보았다.

히로코는 2학년 때 이타미와 같은 반이었다.

"이타미는 중학생 미즈타니 같은 아이야."

하고 히로코는 말했다.

나는 또 시작이구나 싶었다. 히로코는 걸핏하면 사람을 가수나 배우에 비유해서 말하는 버릇이 있다.

"조금 불량스럽지. 같잖은 선생님쯤은 떡 주무르듯 한다고. 쟤가 조숙한 건가? 이타미네 아버지는 가끔 텔레비전에도 나오는 대학 교수야. 선생님도 그걸 알고 있으니까, 저 애한테는 그냥 한 수 접어 주는 것 같아."

나는 속으로 생각했다.

'흥, 선생이란 의외로 비굴한 구석이 있다니까.'

"'속도위반입니다.' 하고 말한 아이 대신 일어난 건 뭣 때문인데?"

"아, 개? 호소이야. 그 앤 멍청하니까…… . 공부는 전혀 못 하지만…… . 뭐, 그야 상관없긴 해도…… . 이상하게 진지한 데가 있어. 뭔가 한 가지 생각에 빠지면 주위에서 무슨 일이 일어나도…… 으음, 객관적이라고 할까…… . 그런 걸 통 모르게 되는 아이야. 분명히 '속도위반입니다.' 하고 말한 것도 선생님을 놀리려고 그런 건 아닐 거야. 속도 없다, 속도 없다, 속도 하고 생각하다 보니 그런 말이 튀어나온 거 아니겠니? 그런데 선생님한테 다짜고짜 야단맞으면 너무 가엾으니까 이타미가 대신 때운 거 같아. 이타미는 그런 데가 있는 애거든."

꼬치꼬치 물으면 이상하게 생각할까 봐, 히로코한테는 거기까지만 물었다.

나는 '이타미란 아이, 꽤 괜찮은데.' 하는 생각이 들었다.

그 뒤 이타미한테 자꾸만 신경이 쓰였다.

자, 오늘 수업은 여기까지 하자.

* * *

이타미와 뜻밖에 빨리 이야기를 나눌 기회가 생겼다. 얼마 안 가서 싸움이 붙은 것이다. 포르노가 계기였다.

포르노라고 하면 오해받을 테니까 어서 그 이야기를 해 버려야겠다.

야마나카라는 아이가 수업 시간에 만화책을 보다가 다테이시 수학 선생님한테 들키고 말았다. 야마나카는 따귀를 한 대 맞았고, 거기까지는 한 달에 한 번은 일어날 법한 예사로운 사건이었다. 하지만 다테이시 선생님이 만화 책장을 휘리릭 넘기고 나서 한 말이 걸작이었다.

"뭐야, 이거 포르노 만화 아냐?"

나는 '풉' 하고 웃음을 터뜨릴 뻔했다.

아무리 나이가 쉰한 살이고 언제나 채신머리없이 다리를 달달 떨고 가락국수를 사 먹는 선생님 말씀(?)이라지만 조금 심하다.

"텔레비전에서 한 건데요……."

내가 말하자, 다테이시 선생님은 나를 힐끗 노려보며, "텔레비전……?" 하고 난처한 표정을 지었다. 모르는 눈치 였다.

"대체 누구야? 이런 책을 학교에 갖고 온 놈이……."

그 만화는 조지 아키야마의 《부랑아》. 부랑자들의 왕초로, 일은 하나도 안 하고 여자 옷을 입고서 여자 엉덩이나 만지고 다니는 백수건달이 바로 부랑아이다.

그의 아들은 "나는 절대로 아버지 같은 사람이 되지 않겠 어요." 하고 말하지만, 사실은 아버지의 불량스런 면을 좇 아 온갖 시시껄렁한 잡소리나 늘어놓고 아무렇지도 않게 야 멸찬 짓을 저지르는 소년. 하지만 궁극적으로는 약자의 편이 되기를 애타게 갈망하고 있어서, 진실한 모습과 그렇지 못한 모습 사이에서 갈등한다.

부랑아의 아내는 술고래에다가 지독하게 못생긴 걸로 나온

다. 하지만, "오늘 밤은 사랑받지 않으면 몸살이 날 것 같아." 하며 베개를 껴안고 부리나케 부랑아의 방으로 달려가는 너무나 인간적인 여자로, 삐치거나 뾰로통하는 점이 아주 귀여워서 덕을 보는 역할이다. 그렇게 재미있는 만화인데도 다테이시 선생님한테 걸리면, 가엾게도 내가 사랑하는 부랑아의 아들도 그의 아내도 불량 도서 속에서 활약하는 인물들이 된다. 하기야 10권에 야한 장면이 많긴 하지만……

"접니다."

이타미가 일어났다.

"《부랑아》는 대학 입시에 나온 건데, 선생님은 모르셨습니까?"

다소 도전적으로 이타미는 말했다.

"맞다, 맞아!"

하는 목소리와 드문드문 이는 박수 소리가 이타미를 응원하는 것 같았지만 아주 잠깐뿐이었다.

"실없는 소리 집어치워!"

다테이시 선생님은 거칠게 말했다.

"정말이에요!"

그 얘기는 아빠한테 들어서 알고 있었기 때문에 나는 이타미보다 한 발 앞서서 그렇게 말했다.

다테이시 선생님은 꼼짝 못했다. 내가 그런 말을 해서 이타미의 편을 든 것이 뜻밖이었나 보다. 그냥저냥 착한 아이의 쥐꼬리만한 반항이라고나 할까.

결국 늘 그렇듯이 다테이시 선생님은 조금도 우리를 납득시킬 만한 말을 하지 못했고, 《부랑아》는 불량 만화가 되어 버렸다. 읽어 보지도 않고 마구 야단치니까 바보 같다.

《부랑아》가 추천 도서가 될 정도는 아니지만, 이상한 인생론보다야 훨씬 유익하지 않나 싶다.

2학년 때 오다가 빌려 갔던 책을 돌려주면서 이렇게 말했다.

"성교육 톡톡히 받았다."

나는 그 말을 듣고, 오다가 핵심을 찔렀다고 생각했다.

그런 일이 있었던 날, 집에 가는 길에 햄버거 가게 앞을 막 지나가는데 이타미가 말을 걸어 왔다.

학교에서 집으로 돌아가는 길에 음식점에 들어가는 일은 절대 금지되어 있다. 등교 길에 점심때 먹을 빵도 못 사게 할 정도니까, 그런 데서 먹고 있으면 이건 아예 '비행'이 된다.

내가 주저하고 있자 이타미는,

"야, 미나코, 이리 와." 하고 도발적으로 말했다.

그 가게에 들어가자 이타미는,

"히야! 미나코 너 생각보다 용기가 있는데." 하고 말했다.

이타미가 주문을 하고 기다리는 동안 잠시 시간이 있었지만, 나는 일부러 아무 말도 하지 않았다. 차가운 표정으로 물끄러미 한 곳에다 눈길을 주고 있었다.

"그래,《부랑아》의 어디가 재미있었냐?"

"그 여자."

내가 무뚝뚝하게 말하자, 이타미는 웃으며 말했다.

"아하, 그렇다면…… 학교 선생님하고 정반대 타입인걸."

나는 여전히 정면을 바라보면서 물어보았다.

"너는 누군데?"

"《부랑아》의 세계는 사이조 따위보다 한결 진실하지."

분하지만 역시 이타미는 대단했다.

꼭 히로코를 욕하는 것 같지만, 사실 히로코는 요즘 중학생의 표본이라고나 할까, 매주 '내가 뽑는 베스트 10'이라는 쪽지를 써서 친구들과 바꿔 보는 것을 좋아한다. 나는 그런 짓을 안 하기 때문에 히로코가 매주 내 자리로 알려 주러 온다. 그렇게 하지 않으면 속이 시원하지 않은 모양이다.

"가수 부분은 야마구치, 사이조, 앨리스, 써전올스타스,

고다이고, 사다마사시……."

잠자코 있으면 베스트 10이 베스트 20까지 이어지기 때문에 다음으로 넘어가라고 하면,

"탤런트 부분은 마쓰다이라, 미즈타니, 마쓰다, 오다케, 미우라, 오키……."

하고 신이 나서 읊어 댄다.

다테이시 선생님이 들으면 마음을 푹 놓을 얘기지만, 《부랑아》라는 만화는 중학생 만화 베스트 10에도, 베스트 20에도 끼지 못한다.

히로코의 정보에 따르면 《사자에 씨》, 《루팡 3세》, 《은하철도 999》, 《마코토》, 《신 에이스를 노려라》, 《도카벤》, 《러브 팩》, 《도라에몽》 등의 순서로 이어진다.

이타미가 예를 들어 한 말일지도 모르지만, 《부랑아》의 세계가 사이조 따위보다 훨씬 진실되다고 말한 건 특별히 사이조나 사이조의 팬을 경멸해서 한 말은 아닐 것이다.

만들어진 걸 즐기는 것은 조금도 나쁜 게 아니다. 만들어진 것 가운데에도 진실한 것이 많이 있는걸.

하지만 어떻게 말하면 좋을까. 유행만 좇아다니는 아이는 가장 결정적인 순간에 사물을 정확히 꿰뚫어 보지 못하는 경우

가 많은 것 같다. 학교나 선생님이 정한 일을 단순히 지키기만 하는 아이들이 주로 인기 가수 뒤꽁무니나 쫓아다닌다.

"요즘 중학생은……." 하고 한 마디로 단정 지어 얘기하는 어른들이 많은데, 유행 속에서도 취할 것과 버릴 것을 정확히 아는 아이와 그렇지 못한 아이가 있다는 사실을 알아 줬으면 좋겠다.

이타미와 한두 마디밖에 이야기를 하지 않았지만, 그 애는 그런 사실을 바탕에 깔고 있다고 생각했다.

막 몰랑몰랑한 기분에 젖어들려는데, 이타미가 찬물을 쫙 끼얹는 말을 했다.

"원숭이 우등생이라고 알아?"

"……?"

내가 의아스러운 표정을 짓자, 이타미가 말했다.

"죽마도 타고 미니 오토바이도 타는 원숭이들이 있지. 이 녀석들은 원숭이 사회로 돌아가면 아무 짝에도 쓸모가 없는 거야. 할 줄 아는 게 없으니까. 알겠냐?"

"……."

나는 몸이 점점 뜨거워지는 것을 느꼈다. 이타미는 그런 소리나 지껄이려고 구태여 나를 불렀을까?

"그게 나하고 무슨 상관이지?"

"조금 관계가 있지 않나?"

이타미는 심술궂게 말했다.

그러잖아도 내 안에 살고 있는 우등생을 가장 미워하고 있는 나에게, 이타미는 그렇게 자극하는 말을 스스럼없이 했다.

햄버거가 나왔다. 나는 햄버거에 손도 안 대고 지갑에서 돈을 꺼내 카운터에 놓고는 아무 말 없이 가게를 나왔다.

＊　＊　＊

국어 시간에 요코야마 선생님이 '내가 사랑하는 것'이라는 제목으로 작문을 하라고 했다. 요코야마 선생님한테 그런 제목을 받자 어쩐지 솔직해질 수가 없었다.

아니나다를까, 이타미가 깔보듯이 말했다.

"사랑하는 거 아무 것도 없는데……."

"네가 그러고도 사람이야?"

"그런 것 같아요."

이타미가 넙죽 받아넘겼다.

요코야마 선생님을 좋아하지는 않지만, 내가 선생님이라
도 저런 아이는 정말 밉살스러울 것 같았다. 햄버거 가게
사건이 있었기 때문에 나는 얼핏 그런 생각을 했다.

　　"요코야마 선생님이 사랑하는 건 매일 타고 오는 빨간 차
입니까?"

　　이타미는 아주 빈정거리는 투로 말했다. 교사들의 자가
용 통근 문제가 신문에 자주 오르내리고 있었기 때문이다.

　　"사랑하는 대상이 무엇이든 좋아. 집안 식구든 친구든,
애완동물 같은 것이나 추상적인 것이라도……."

　　요코야마 선생님은 이타미를 무시하듯이 말했다.

　　요코야마 선생님이 작문을 시키는 것은 조금 의외였다.

　　나는 이제까지 선생님 중에 좋아했던 사람이 없었지만, 초
등학교 5학년 때 담임을 맡았던 기시모토 선생님만은 예외
였다. 기시모토 선생님은 늘 어린이의 마음 속에 있는 것을
살펴려고 애쓰던 분이었다. 기시모토 선생님은 우리에게 곧
잘 시나 수필을 쓰게 했다. 그런 사연 때문인지 내겐 왠지 시
나 수필을 쓰게 하는 선생님은 좋은 선생님처럼 생각된다.

　　하지만 실제로 중학생이 되고 나서는 손에 꼽을 정도로밖에
작문을 하지 않았다.

어쨌든 그 시간은 원고지에 꼬박 글만 썼다.

선생님한테 뻗대던 이타미도 말없이 뭔가 쓰고 있었다.

그 시간에는 쓰기만 하고 다음 국어 시간에 감상하기로 했다.

국어 시간에 요코야마 선생님은 아이들에게 작문을 돌려 주고 나서 이타미를 보았다.

"이타미, 읽어 봐라."

"피유!"

이타미는 괴성을 질렀다.

"프라이버시 침해잖아요."

"무슨 얘기 하는 거야? 넌 프라이버시에 관련된 내용은 하나도 안 썼잖아."

"그렇담 뭐, 어디 한 번 읽어 볼까요?"

이타미는 넉살 좋게 말했다. 이타미는 읽기 시작했다.

"사랑하는 것이 존재한다고 믿는 사람만큼 경박하고 죄 많은 사람은 없다. 그런 착각이 사람을 불행하게 하거나 사람을 차별하거나 하는 것이다……."

그렇게 시작하여 슈바이처는 아프리카 사람을 구한 게 아니라 아프리카 사람을 위에서 내려다보며 차별했다는 얘기며, 일본에서는 과격파 부모님한테까지 죄를 뒤집어씌우는 경향이 있는데 그것은 일본인의 그릇된 애정 인식 때문이라는 얘기를 써 놓았다.

나는 이타미답다고 생각했다.

이타미가 다 읽고 자리에 앉자 요코야마 선생님이 말했다.

"그런 게 머리만 큰 문장이라는 거야."

"어째서요?"

이타미는 순순히 받아들이지 않았다.

"문장은 좀더 친근한 것부터 써 가는 법이야."

"뭘 써도 좋다고 해 놓으시고선."

요코야마 선생님은 그 말에 직접 대꾸하지 않고 차갑게 말했다.

"그거, 너희 아버지 거 베낀 거지?"

나는 심하다고 생각했다. 설령 이타미의 작문이 머리만 큰 것이라 해도, 쓰여 있는 내용은 서로 토론하기에 충분한 이야깃거리이며, 만일 그렇게 하지 않는다면 수업이라고 할 수도 없지 않을까 생각했다.

이타미는 생각보다 냉정했다.

나는 요코야마 선생님이 우리한테 무엇 때문에 작문을 하게 했는지 대충 알 것 같았다.

내가 지목받으면 절대 읽지 않겠다고 다짐했다.

이타미와 꽤 긴 대화가 오간 뒤에 요코야마 선생님이 다시 지명한 아이는 나라였다.

속으로 '어린하랴.' 싶었다.

나는 몸이 굳어졌다. 내가 지목당한 듯이 식은땀을 흘렸다.

나라는 더듬더듬 읽기 시작했다.

"나는 집에서 열대어광이라는 소리를 듣는다. 나는 열대어가 걱정이 되어 공부고 뭐고 못 하겠다. 그 열대어 지금 뭘 하고 있을까, 눈가가 거무튀튀한 열대어는 뭘 하고 있을까 생각하면 가슴이 콩닥거려 아무 일도 할 수 없다. 열대어 생각이 나면 마음이 막 들썩들썩해진다. 딴 데 있어도 열대어 생각만 나고, 다른 거는 생각도 안 난다. 우리 집은 아빠가 없기 때문에 내가 '열대어가 우리 아빠야.' 하고 말하면, 엄마는 '바보 같은 소리 하지 마.' 하고 말한다. 나는 정말 그렇게 생각한다. 나는 열대어한테 달라붙어 못 떨어질 만큼 열대어가 좋다. 어항 위에서 입술을 살짝 담그면 열대어가 내 입술을 톡톡 쫀다. 이건 진짜다. 나는 집으로 돌아가도 공부는 하나도 안 하고 어항 청소만 하고 있다. 열대어도

깨끗하게 하고 있으면 기분이 좋을 거라고 생각한다."

오사카에서 전학 온 나라의 문장은 관서 지방 사투리로 써서 투박한 느낌을 주었다. 하지만 이렇게도 진실한 세계를 갖고 있는 아이라니 정말 대단하다 싶었다.

나는 나라에 대해 별로 알지 못했고 알려고도 하지 않았다. 그 사실이 적이 부끄러웠다.

요코야마 선생님은 나라의 작문 중에서 몇 문장을 칠판에 썼다. 뭘 하려는 걸까 생각하며 보고 있는데, 요코야마 선생님이 우리 쪽으로 돌아서더니 말했다.

"이 문장을 표준어로 고쳐 봅시다."

나는 기가 찼다.

선생님이 문장을 고칠 때마다 나라는 얼굴이 새빨개졌고, 나는 가슴이 옥죄어 오는 듯한 기분이었다.

* * *

"애, 한숨 좀 고만 쉬어라. 뭐가 못마땅해서 한숨만 쉬고 있어?"

엄마가 나를 보고 그렇게 말했다. 나는 일부러 다시 한번

한숨을 쉬고는,

"자살하는 아이의 심정을 이해하겠어." 하고 말했다.

"너, 엄마를 협박할 생각이니?"

나는 요란한 소리를 내며 2층으로 올라갔다.

어쩐지 나는 더럽혀지고 있는 것 같았다. 엄마한테 맞서 봐도, 그저 쓸쓸해지기나 할 뿐인데…….

대지진이 일어나서 학교도 집도, 나와 관련된 모든 사람도, 몽땅 없어져 버리지 않나 생각한다. 내가 좋아하는 사람과 나만 달랑 살아남아서, 먹고 자는 일에만 신경 쓴다면 얼마나 끝내 줄까.

아무리 싫어도 앞으로 1년은 중학교 생활을 해야 하고, 어차피 고등학교에 가지 않으면 부모님이 가만 두지 않을 것이다. 그러고 나서 대학이라는 식으로 생각하면 아예 정신이 아찔해져 버린다.

좋아하는 음악을 듣는다든지, 마음이 맞는 친구와 이야기를 나눈다든지, 조금 괜찮은 남자아이한테 가슴 설레거나, 때로는 시간가는 줄 모르고 독서를 한다든지, 맛있는 것을 배 터지게 먹는다든지, 살아 있어서 즐거운 일은 한둘이 아닌데, 지금의 생활은 너무나 지긋지긋하다. 꼭 견딜 수 없는 잿빛 생활이 그 즐거운 생활을 뒤덮어 버린 듯한 느낌이다. 어떻게 그럴까 하고 멀거니 생각해 본다. 자유의 문제일까? 내 뜻대로 고생하는 거라면 얼마든지 견딜 수 있지만 억지로 주어진 고통은 너무도 견디기 힘들다. 지금 학교생활이 지긋지긋할 수밖에 없는 건 우리 스스로 변하는 것을 학교가 도와 주는 것이 아니라, 일방적인 명령이나 강제로 우리를 변하라고 하기 때문이라고 생각한다.

가령 일주일에 한 번 복장 검사라는 게 있다.

남학생은 머리가 길지 않은지, 여학생은 유행하는 커트를 하거나 웨이브를 만들지 않았는지, 대개의 선생님들이 지겨운 눈길로 우리를 찬찬히 뜯어본다. 그런 일을 하면 스스로 비참해지지 않을까.

우리 스스로 동아리를 만들거나 모임을 가지면, 학교 측의 양해나 허락 없이 했기 때문에 무조건 안 된다고 한다.

다른 학교 학생과 교제하지 말라든가, 전화를 오래 하지 말라든가, 목욕탕에 갈 때는 근처로 가고 목욕을 오래 하지 말라든가, 이제는 질려서 말도 안 나오는 일을 태연하게 우리한테 강제한다. 쓸데없는 간섭. 바보 같다.

복장이나 머리에 대해 일일이 남한테 간섭받아서 싫은 게 아니라, 그런 일을 함으로써 우리의 마음에 상처를 주고도 그 사실을 전혀 깨닫지 못하는 무신경함이 싫은 거다.

정말로 전혀 모르는 것 같다.

아빠가 돌아왔다.

엄마와 뭔가 소곤소곤 얘기를 나누고 있다.

조금 있다가 발소리가 났다.

"미나코, 들어가도 될까?"

"네."

나는 차가운 목소리로 말했다.

"엄마가 걱정하고 있구나."

"뭘요?"

역시 나는 차가운 목소리.

"별로 기분이 안 좋아 보이네."

"그래요?"

"무슨 일이 있었냐?"

"아무 일도."

'이제, 귀찮아. 저리 가.'

"무슨 일이 있으면 아빠한테 의논해라."

'바보 같아, 학교 선생님 같은 소리 그만둬.'

나는 마음속으로 되는 대로 말을 해 댔다.

"좋아, 좋아."

아빠는 잠자코 있는 나를 달래듯이 말했다. 부모 자식 간이란 이럴 때 정말로 난처하다.

"아빠!"

"왜."

"오늘 밤, 다같이 외식하러 가면 안 돼?"

아빠는 조금 난처한 듯한 표정을 지었다.

"엄마가 벌써 저녁 준비를 하고 있어."

내가 자못 풀이 죽은 듯이 말했다.

"그래? 그럼 안 되겠네."

아빠는 당황한 듯,

"좋아. 아빠의 권한으로 어떻게든 해 보지."

하고 말하며 밑으로 내려갔다.

"너무 오냐오냐 해 주면 안 돼요."

하는 엄마 목소리가 들렸다.

"가끔씩은 괜찮잖아?"

하고 묻는 아빠 목소리.

그런 건 사실 아무래도 괜찮다. 아빠한테 조금은 애교를

떨지 않으면 괜히 미안한 것 같아서 그래 본 거니까…….

"히로야."

엄마가 동생을 부르는 소리가 들렸다.

* * *

외식을 하고 돌아오는 길에 나는 굉장히 충격적인 광경을
보고 말았다.

남자한테 몸을 찰싹 붙이고 비비 꼬듯이 걷고 있는 여자
가 있었다.

나는 순간 '어머, 저거!' 하고 생각하고는 '설마…….'
싶었다.

여자는 남자의 팔을 가슴께에 꽉 끌어안고 이따금 도리질을
하듯 고개를 짤짤 흔들기도 하고, 어깨로 남자의 몸을 밀치기
도 했다. 나는 가슴이 콩닥콩닥 뛰었다.

아빠 뒤에 숨듯이 하여 그 사람을 보았다.

역시, 요코야마 선생님이었다.

얼굴이 남자의 가슴께에 있다. 눈이 남자를 쳐다보면서
우리한테 보여 준 적이 없는 웃음을 짓고 있었다.

요코야마 선생님의 자가용에 못으로 긁힌 듯한 자국이 2미터에 걸쳐 나 있었다고 한다.

다들, "히야!"라든가, "쌤통이다!" 하고 말할 뿐, 그다지 흥미가 없는 것 같았다. 당연하다.

"우리 반만이 아니라 이 반, 저 반에서 미움받고 있는 거야. 그 선생님, 긁힌 게 차였기에 망정이지 얼굴이 긁혔어도 할 말 없지 뭐." 하고 살벌하게 말을 하는 아이도 있었다.

쉬는 시간에 고작 2, 3분 정도 화젯거리였지만, 사정이 바뀐 것은 우리 담임인 구마가이 선생님이 낯빛이 달라져서 교실에 들어왔을 때부터였다.

구마가이 선생님은 아줌마라는 별명이 붙어 있었다. 요코야마 선생님처럼 심술궂은 데는 전혀 없지만, 교직원 회의에서는 노상 꾸벅꾸벅 졸고 앉아 있다. 이렇게 말하면 대충 어떤 사람인지 짐작할 것이다. 요컨대 평범한 아줌마였다면 아주 좋은 사람이었을 것이다.

그런 선생님이 안색을 바꾸고 교실에 들어 왔으니, 다들 깜짝 놀랄 수밖에 없었다.

"요코야마 선생님 차에 흠집을 낸 게 누구야? 말해 봐!"

구마가이 선생님은 새파랗게 질려 있었다.

"무슨 말이야?"

"뭐야, 이거?"

저마다 한 마디씩 하는 통에 교실 안이 떠들썩해졌다.

"우리 반 애가 했다는 증거라도 있습니까?"

반장인 나가마쓰가 말했다.

"요코야마 선생님이 3학년 4반이 틀림없다고 했어."

"무슨 애깁니까?"

이타미가 큰소리로 말했다.

"정말!"

"말도 안 돼, 증거도 없는데⋯⋯."

다시 한 마디씩 떠들었다.

"여러분이 평소에 반항적이니까 이럴 때 의심을 받는 거예요."

말도 안 돼. 역시 아줌마 선생님이야.

"명예 훼손으로 고소합시다."

이타미가 다시 큰소리로 말했다.

"그래, 그래."

"맞아, 맞아."

여기저기서 소리가 일었다. 구마가이 선생님이 흥분한 데 비해 다들 담담한 분위기였다.

담담한 분위기가 단숨에 깨진 것은 다음 시간에 학년 주임인 야마다 선생님이 1학년 아이 하나를 데리고 교실에 들어왔을 때부터였다.

"잘 봐."

야마다 선생님은 그렇게 말하고, 그 아이를 우리 앞에 세웠다. 야마다 선생님이 그 아이한테 뭘 시키려고 하는지 뻔했다. 나는 분노로 몸이 떨렸다.

이것이 선생님이라는 사람의 정체다. 다들 똑같은 심정이었을 거라고 생각한다.

＊ ＊ ＊

뜻밖의 일이 일어났다.

야마다 선생님이 데려온 아이가 우리 반의 어떤 아이를 지목한 것이다.

나라…… 나라가…….

나라는 조그맣게 몸서리를 쳤다. 야마다 선생님한테 어

깨를 꽉 잡혔을 때 나라는 매달리듯이 우리 쪽을 보았다. 주눅 든 토끼 눈이었다.

나는 나지막이 신음했다.

나라는 야마다 선생님한테 끌려갔다.

30분이나 지났을까.

교실로 돌아온 나라의 두 뺨은 빨갛게 부어 있었다. 나라는 책상에 엎드려 하염없이 울었다.

조금 보기 흉한 나라의 저항.

그날, 나는 내내 나라에 대해 생각하고 있었다.

선생님한테 아무 저항도 하지 않았던 내가 싫었다. 비겁하다고 생각한다.

"하긴 했나 봐." 하고 말하는 친구도 미웠고, 나라한테 동정하는 말 따위나 지껄이고 아무 짓도 하지 않는 친구도 경멸했다. 그리고 나도 똑같다. 어떻게 하면 좋을지 모르겠다.

밤늦게 나는 이타미한테 전화를 걸었다.

"나야, 미나코."

나는 내뱉듯이 말했다.

"응."

이타미도 툭 대답했다.

그러고 나서 나는 한동안 잠자코 있었다. 이타미도 아무 말 하지 않았다.

"너는 선생님한테 반항하고서 이렇게 비참해진 적 있어?"

"……."

"나는 마음 속에서만 반항하고 있을 뿐인 아주 비겁한 인간이고……."

"……."

"어떻게 하면 좋을지 모르겠어……."

"……."

"너한테 원숭이 우등생이란 얘길 듣고 화가 났지만, 난 화를 낼 자격이 없는 거 같아……."

"……."

둘 다 오랫동안 잠자코만 있었다.

"나, 학교에서 돌아와서…… 지금까지 쭉……."

이타미의 소리가 간신히 들려 왔다. 평소의 가벼운 목소리가 아니라 질질 끄는 듯한 무거운 목소리였다.

"집에서 기르는 금붕어……. 쭉 봤어……."

그랬구나.

"그 자식도 비참했지만, 나도 오늘 하루 종일 비참했어."

다시 오랜 시간 둘 다 잠자코 있었다.

"오늘 전화하길 잘했다. 이타미, 고마워."

"응."

그것은 아주 다정한 목소리였다.

"어쩐지 많은 이야기를 한 것 같아."

"응."

"안녕."

이타미도 "안녕." 하고 말했다. 그 소리를 듣고 나는 수화기를 내려놓았다.

* * *

이틀 뒤에 아주 끔찍한 이야기를 들었다.

나라는 기르고 있던 열대어를 모두 팔아 요코야마 선생님의 차 수리비를 물어 주었다고 한다.

나라 엄마가 나라한테 그렇게 시켰다는 것이다.

* * *

그러고 나서 두 달 뒤, 또 하나의 사건이 일어났다. 그러나 그것은 일어난 게 아니라 진작부터 예견된 사태였다는 느낌이 든다.

"이건 뭐야! 무슨 꿍꿍이야, 대체? 너희들……."

야마다 선생님의 눈은 분노로 핏발이 섰다. 생활 지도 주임의 자존심이 노여움을 한층 부채질하고 있는 것 같았다.

지금까지 그런 선생님이 무서웠던 나.

지금도 무섭다. 하지만…….

"너희는 도둑이야!"

"도둑? 그게 무슨 뜻입니까?"

이타미가 말했다. 평소처럼 사람을 바보로 취급하는 듯한 어조는 없었다. 이타미는 진심이구나 싶었다.

"그럼 도둑이 아냐? 공동 모금함에서 돈을 훔쳤잖아? 도대체 이건 뭐야!"

야마다 선생님은 뜯어진 공동 모금함을 이타미 앞에 휙 집어 던졌다.

"일단 넣었던 돈을 사정이 생겨서 되돌려받은 것뿐입니다."

"무슨 사정? 말해 봐!"

"선생님하고 상관 없으니까 말할 필요는 없습니다."

"반 전체가 작당해서 이 따위 짓을 저질러 놓고 이유는 말할 수 없다는 것이 학교 생활에서 통한다고 생각하나?"

"학교 생활을 하는 건 우립니다."

"당연하지. 그것을 지도하는 것이 교사의 일이다."

"지도하는 게 아니라, 당신들은 명령과 강제만 하고 있잖아요!"

"뭐라고? 당신들이 뭐야? 선생님한테 대놓고 당신이라니!"

"진심으로 선생님이라고 부를 수 있게 될 때까지 기다려 주세요."

"뭐야!"

야마다 선생님의 손이 이타미의 뺨으로 날아갔다. 나는 내가 얻어맞은 듯한 고통을 느꼈다. 몸이 떨렸다.

"폭력은 그만두세요!"

나는 일어나서 그렇게 말하고 있었다.

"그래!"

"폭력 반대!"

"고소할 거야!"

그런 소리가 여기저기서 났다.

"고소하려면 해 봐! 그런 일로 허둥댈 햇병아리 선생은 아니니까!"

야마다 선생님은 무시무시하게 위협했다.

"이놈들, 아주 조직적으로 반항하는군."

이타미가 외쳤다.

"그렇게 받아들이고 싶으면 그렇게 받아들여요, 당신하고 무슨 상관이에요?"

"뭐야!"

야마다 선생님은 무심결에 손이 나오려다가 간신히 자제하는 듯했다. 두 사람은 서로 살벌하게 노려보았다.

"우린 우리 의지로 어떤 일을 하려는 것뿐입니다."

"그으래?"

야마다 선생님은 어딘지 으스스하게 말했다.

"전원의 의지로군. 나가마쓰, 그러냐?"

반장인 나가마쓰한테 추궁하듯이 말했다.

"……."

나가마쓰는 잠자코 있다.

'분명히 그렇습니다.' 하고 말하면 좋으련만……. 나는

초조했다.

"전원의 의지라면 존중해야겠지. 하지만 모금함 속의 돈을 훔쳤다는 사실은 각자의 집에 알리도록 하겠어. 너희 부모님한테도 연락할 거야."

갑자기 교실 안이 술렁거렸다.

짝하고 얼굴을 마주보며 속닥거리는 아이도 있다.

나가마쓰가 비명을 지르듯이 쏟아내기 시작했다.

"특별히 우리는 선생님한테 반항하려는 마음으로 이런 일을 한 건 아닙니다. 공동 모금이란 서로 돕자고 하는 건데, 이타미가 그걸 우리 의지대로 하자고 한 거예요. 모금함을 뜯어서 돈을 꺼낸 것도, 이런 결정을 했을 때는 이미 모금함에 돈을 넣어 버린 뒤라서 어쩔 수가 없었습니다. 별 생각 없이 한 일이니……"

이타미가 큰소리로 되받아쳤다.

"나가마쓰, 무슨 말을 하고 있는 거냐? 가벼운 마음으로 한 일이라면, 당장 때려쳐. 돈을 도로 모금함에 넣고 와."

야마다 선생님은 이타미의 발언을 무시하고 나가마쓰한테 물었다.

"너희 의지로 서로 돕자는 게 어떤 일이야? 설명해 봐."

나가마쓰가 겁먹은 얼굴로 이타미를 보았다. 이타미는 시치미를 뚝 떼고 있었다.

나가마쓰는 이야기하기 시작했다.

"나라가 요코야마 선생님 차에 흠집을 내서 수리비를 물어 드렸는데, 나라는 기르던 열대어를 전부 팔아서 돈을 마련한 거예요. 나라는 그 열대어를 무척이나 애지중지했습니다. 우린 나라의 작문에서 그 사실을 알았거든요. 다들 나라한 테 다시 한 번 열대어를 기르게 해 주고 싶다고 생각했던 겁니다."

이타미가 다시 외쳤다.

"조금 달라! 그렇게 함으로써 우리는, 나라를 괴롭히고 나라가 그런 짓을 하도록 몰아붙인 요코야마 선생님한테 항의하는 거란 얘기를 빼면……."

"그거야 그렇지만……."

나가마쓰는 우물거렸다.

"너희는 지금 나라가 했던 일을 변호하고 있군."

"변호라고 말씀하시면……."

나가마쓰는 태도가 분명치 않았다.

"진정한 우정이란 말이야, 친구의 나쁜 점은 엄하게 비판

한다. 그런 뒤에 힘을 빌려 주려면 빌려 줘. 그런 태도가 필요한 거야……."

같잖은 말. 얄팍한 선생님이란 생각이 든다.

그 말을 고스란히 선생님한테 되돌려 놓으면 딱 맞을 것 같다. 제발 요코야마 선생님의 나쁜 점을 선생님이 엄하게 비판해 주었으면.

* * *

선생님이란 존재는 정말로 비겁하다고 생각한다. 야마다 선생님은 우리한테 모금함에서 돈을 되찾아 가는 짓은 나쁜 일이라고 인정하라고 했다. 그런 뒤에 우리의 변명을 듣겠다고 한 것이다.

"인정할 수 없습니다."

내가 말했다.

"그래? 그럼 부모님께 알려야겠다."

"선생님이 보고해 주시지 않아도 제 일은 제가 알아서 보고합니다."

나는 야마다 선생님을 노려보며 말했다.

선생님을 비겁하다고 한 것은, 집에 알려질 게 두려워 "나쁜 짓이라는 것을 인정합니다." 하고 말한 아이에게 선생님이 "그럼, 돈을 모금함에 넣고 와라." 하고 말했기 때문이다.

* * *

그날 나는 엄마 아빠에게 학교에서 있었던 일을 말씀드렸다.

엄마와 아빠는 줄곧 내 이야기를 묵묵히 듣고 있었다.

"나쁜 짓은 나쁜 짓이구만."

아빠가 말했다.

나는 아빠의 말을 뜻밖이라고 생각하지 않았다. 그것은 우리 아빠가 선생님이기 때문은 아니다.

우리 아빠가 야마다 선생님 입장이라면 그 선생님처럼 심한 짓은 하지 않았으리라 생각한다. 그래도 아빠가 한 말은 야마다 선생님하고 똑같았다.

묘한 얘기를 꺼내는 것 같지만, 2년쯤 전에 나는 베란다에다 쌀을 뿌려 놓고 참새를 길들이려고 애쓴 적이 있다. 석 달이나 애를 썼지만 참새는 결국 나한테 길들여지지 않왔다. 그 참새는 집에서 기르는 개 바로 옆에서 개가 남긴 밥을 쪼아 먹고 있었다.

나는 그때 그 차이를 진지하게 생각했다.

엄마 아빠는 미나코답다며 웃었다. 그때 나는 문득 고독을 느꼈다.

초등학교 3학년 때 나는 알록달록한 지우개들을 책상에 문질러서 찌꺼기를 모아 놓고 논 적이 있었다. 그 일로 엄마한테 몹시 야단맞았다. 엄마가 야단치는 건 당연하다고 생각하면서도 그런 엄마가 미웠다.

"너희의 기분을 안다는 말은 하고 싶지 않다."

아빠는 계속해서 말했다.

"그런 친절은 때로 사람에게 상처를 입히지. 무엇보다도 나라라는 아이가 그걸로 만족할까? 그런 사태에 대해 나라 자신이 굴욕을 느끼지 않는다고 말할 수 있어?"

"아빠가 말하는 의미는 알지만, 그런 식으로 뭐든 앞질러 가서 한 치의 실수 없이 살아가는 사람, 난 싫어."

"그래?"

아빠는 조용히 말했다.

"아빠는 이제까지 너를 때린 적이 없었다. 그러나 지금

너를 때리기로 했어. 벌로 때리는 건 아니야. 네가 말한 것처럼 머리만으로 생각하기보다 뭔가를 시도해 본다는 건 좋은 거지. 하지만 그렇게 하면 피도 눈물도 나온다는 사실을, 아빠는 너한테 알려 줘야겠구나."

순간 눈앞이 캄캄해지고 오른쪽 뺨에 불덩이 같은 것이 느껴졌다. 엄마가 뭐라고 소리를 지르고 있는 것 같았지만 잘 알 수 없었다.

눈앞에서 불꽃이 튀고 단내가 났다. 얼굴 반쪽이 마비되어 버리고 쓰디쓴 물을 들이켠 것 같았다.

뜨거운 것이 가슴 속에서 치밀어 올랐다. 분노로 토할 것만 같았다.

하지만, 지금, 나는 살아 있다. 봐, 이렇게 가슴이 불타고 있어.

나는 일찍이 느껴 보지 못한 이상한 기분을 맛보고 있었다.

육체의 고통과는 달리 몹시 상쾌한 것이 내 몸속을 휙 지나간다.

만일 그 일이 나쁜 짓이라면, 나 스스로 선택한 나쁜 짓이란 얼마나 근사한 일일까. 왜냐하면 그것은 나에게 나 자신을 느끼게 해 주었으니까. 얼얼한 뺨을 누르며 나는 그렇게 생각했다.

'나는 살아 있어.'라는 말을 이렇게도 깊이 느끼게 해 주는 거라면 못된 아이도 괜찮은걸.

나한테 그런 생각을 하게 해 준 나라, 고마워. 나는 나라를 좋아해. 이타미, 고마워. 나는 이타미를 좋아해.

그리고 아빠.

지금 아빠를 너무너무 미워하면서도,

분하지만 아빠가 좋아.